星空のオーケストラ

小野 信義

文芸社

星空のオーケストラ　目次

1 不思議な少年

雲を真っ赤に染めて太陽が西に沈むと、入れ替わりに東の小高い丘から、丸い月がぽっかりと姿を現した。それは、本当に丸く、大きく、丘の平らな稜線にひっかかって、そこから跳ね上がる反動をつけるようにぶるぶると震えている。

この地方では、年間の降雨量が少なく、特に七月八月の乾期は、今にも雨が落ちそうに曇っていても、いつの間にかさわやかな風とともに青空が見えてくるのであった。今日も、そのさわやかな風が辺り一帯を吹き抜けたと思ったら、青空のかわりに、濃いオレンジ色をした大きな月が顔をのぞかせたのだ。そして、月が次第にその色を薄くしながら中空へ上っていくと、その後を追うようにして大きな五角形をした蛇遣座が姿を現した。

この時刻になると、コトクの頭の上には無数の星が輝き始める。そして日曜日の朝には、その中でこの村のだれもがひざまずく教会が、今は月の光を正面から浴びて、尖塔の影を長々と麦畑へ落としている。

（今日は、あいつ、きっとやって来る）

コトクは、星空を見上げながらそう思った。


演奏曲目が決まった五月半ばから間もない日曜日に、ひとりの少年がコトクの所属しているオーケストラへ入ってきた。

名前をステロといい、東隣の国、オートスからやって来たと言った。コトクの住むアリタイ国には、さほど高くない峠道を通って入ってくるのである。そこにはゲートと呼ばれる出入国管理事務所の建物があって、両国の行き来は厳重にチェックされていた。しかし、最近では、商人の出入りは割と自由で、しかも頻繁で、特に果物がオートスから入ってくることが多かった。

月は、この峠を中心に南へ北へと少しずつ位置を変えて顔を出す。その日は、ちょうどゲートの真上辺りから上ってきた。

少年、ステロはわざわざ国境を越えてきてまで音楽をする理由をこう言った。

「ぼくは、この国の人たちと友だちになりたいのです。もしぼくのような者でも許されるならば、仲間に入れていただいてオーケストラの勉強をしたいのです」

発音といい、ことばづかいといい、あまりにもきちんとしているステロを、楽団のみんなは物珍しげに見つめた。外国人といっても山一つ隔てた陸続きだし、もともと同じことばを公用語にしている国同士だから、ことばのうえではそんなにおかしくない。よく訓練されたアナウンサーのように話す少年がいたとしても不思議ではないのだ。そういうことよりも、彼の体全体から発散する異様な雰囲気がみんなを珍しがらせたのだ。

赤茶の髪、尖った鼻、青く澄んだ眼、十三歳とはいえ一七〇センチをゆうに超している背たけ、少し大柄なところを除けば、外見はごく普通の少年だ。

しかし、彼は非常に落ち着いて見えた。距離的に近いといっても、初めてひとりで異国の地を踏む者ならば、珍しさに辺りをきょろきょろ見回すか、興奮して体のどこかを小刻みに震わすのではないか。そういう期待を持って彼を観察した者は失望しただろう。ステロは、まるでこの村の長老のごとく堂々としていた。

その反面、彼には活気がなかった。眼はほとんど動かない。視線を移すときは、体もいっしょに動かした。ものを言うときは、もちろん唇は動くが、他の体のどの部分も決して動かそうとしなかった。

「おい、ステロとかいうやつ、あいつ何者だい？」

「何者だって、オートス人だろう……」

「それは分かってるけど。なんだか変じゃないか」

「うん。いつかミウジュの町で見た蝋人形のような感じがするなあ」

「ハハハ、蝋人形はよかったな」

「あれで楽器が使えるんだろうか。腕や手の関節がポキポキいってさ、バイオリンでも持たせると、まるでノコギリだぜ」

団員の中からひそやかな笑いが起こった。

そうした中で、マネージャーのカーゴはステロと応対していた。

「ぼくらは仲間が多ければ多いほどいいんですよ。いや、なにかまいません。へたでもいいんです。とにかく音楽をやろうとする気持ちのある人ならだれでも入ってもらいます。そんなに心配することはありませんよ。みんなも上手とは言えません。中には、将来専門家を目指して本格的にレッスンを受けている者もいます。しかし、彼らは特別なんですよ。大部分は、しろうとに毛がちょっと生えている程度です」

カーゴは新入りの気持ちをほぐすように言ったが、ステロの表情は変わらなかった。

カーゴは続けてステロに尋ねた。

「ところで、君の楽器は何ですか？」

「別にこれといって決まってないのですが……」

「ああ、それではこれから始めるわけですね？」

「いや、一応何でもやっていくつもりです。あなたのおっしゃる通りにします」

そばで聞いていたコトクは、おや、と思った。カーゴの言っていることが相手に伝わらないのか、ステロの言っていることがカーゴに理解できないのか、何となくふたりの会話がちぐはぐでかみ合わないのだ。

しかし、カーゴはそういうことにいっこうに気づかないのか、ステロの楽器を決めてしまった。

「それではオーボーをやっていただきましょう。持っていますか？　ああ、それはちょうどよかった。あまり一般的でない楽器ですけど、君はやっぱり向こうでやっていたんですね。楽団用のがありますが、自分のを使ってください。なんといっても自分の楽器がいちばんです。今第一のオーボーを吹いているのは、中学三年のコトクです。第二のオーボーの吹き手がいなくて困っていたところなんです。ふたりで仲よくやってください」

カーゴは、コトクに目くばせをした。コトクは新しい仲間に手を差し出した。ステロも手を差し出した。しかし、それはなぜか急に思い出したような手の出し方であった。ステロの手は温かかった。決して蝋人形の手ではなかった。コトクはステロに笑顔を向けたがステロは無表情であった。ただ、眼が一瞬きらりと光ったように見えた。

それからカーゴは、ステロに楽団の決まりなどを説明しだした。

団員は、指揮者とマネージャーを除いてはすべて中学生以下であること。楽器は原則として自分で調達すること。練習は、毎週土曜日、日曜日の二回で、集合が午後八

時であること。夜が少し遅いのは、夕食をとってから集まるためであること。十時までには練習が終了すること。場所は、この土手の斜面を利用していること。コンクールがミウジュの町であり、その前は練習日が増えること。その他こまごましたことまで話していたが、一度にたくさん言っても仕方がないと気づいたのか、途中で止めた。そして最後にこう付け加えた。

「ああ、それから、ぼくたちはオーケストラのことをオケと言っているんです。いちいちオーケストラと言っていたんでは、話が長びいて仕方ありませんからね。他にもあります。例えば、クラリネットをクラ、コントラバスをコンバスと言ったりします。メンデルスゾーンのバイオリンコンチェルトをメンコンなんて言ってる人がいますが、これはちょっとむちゃですね。とにかくこういうことばにも慣れてください」

カーゴは、分かったか、というように少し得意気に言った。

ステロは、相変わらず無表情に、カーゴのことばに一つ一つうなずいた。

ステロが、土曜、日曜の練習に出席しだした。彼は、いつも歩いてやって来たが、国境のすぐ向こうから来ているというだけで詳しいことは何も話さなかった。彼は、ちょくちょく練習を休んだ。ときには、練習の途中で急に帰り支度を始めて、ろくろく挨拶もせずに帰ってしまうことさえあった。休むことについては、みんなはさほど不審がらなかったけれども、途中で帰る奇妙な行動は不思議がった。口の悪い連中は、やっぱり彼にはどこかおかしいところがある。蝋人形の化身じゃないか、などとささやき合った。

不思議なことはまだあった。それは、ステロのオーボーが抜群にうまいことだった。コトクはもとより、いちばんびっくりしたのはオーボーをやってくれと頼んだカーゴだった。テンポの正確さ、音を外さない技術、それは多少音楽性に問題があるにしても、そのまま一流のオーケストラの中に入れても恥ずかしくないものであった。しかも、練習した結果でなく、新しい楽譜を渡されたその日からだから、みんなが驚くのも無理はなかった。

そればかりではなかった。ファゴット奏者が休んで困ったとき、ステロは、ぼくが吹きましょうと言って、ファゴットを見事に吹いた。二日目には、自分が持ってきたファゴットを吹いた。立派な新しいファゴットだった。

コトクは、彼の不思議のうち、ステロが休んだり、途中で帰ることについては、空が曇ることに関係があるのではないかと気づいた。実際、いつだったたか、おや少し雲が出てきたなと思っていると、隣のステロがそわそわしだして、間もなく帰ってしまったことがあった。べつに、雨を心配しているふうではなかった。第一、この地方では、七月八月にはめったに雨が降らない。ステロの住んでいる所でも大同小異だろうから、そのへんのことはステロも知っているはずであった。それなのに、それからよく気をつけていると、晴れていない日は、決まってステロはやって来なかった。

マネージャーのカーゴは、相手が他国人であるということを第一の理由にして、直接ステロに注意を与えなかった。他の団員の多くも、オーケストラの規則を盾にとってまでステロに非難がましいことは言わなかった。しかし、一部では、練習に支障があるとこそこそ言っているふうであった。

もう一つの不思議、少なくともオーボーとファゴットの二種類の楽器をこなす技術については、だれもその秘密を知らなかった。だから、みんなはそれを〝天才〟ということばで片づけていた。コトクだけはそれでは満足しなかった。ステロが、いつ、どこで、だれに、どんなふうに教えてもらったのか、練習したのか、その秘密が知りたかった。コトクがステロと同じオーボーを吹いているせいではなかった。ステロの音楽に何か異質なものを感じていたからであった。早く言えば、そばでいっしょに演奏していて、なるほどテンポは正確だ、コトクの音ともよく合っている、しかし、それは音だけが心とは別のところで鳴っているといった感じであった。さらに言えば、ふたりで演奏していても二重奏として面白くなかった。陶酔がなかった。コトクが、最近、心の隅にいつもいらいらしたものを感じているのは、このことと関係があるようだった。

（今日は、あいつきっとやって来る）

コトクがそう思ったのも、先週の日曜日に、ステロを休ませた曇り空が、今夜はすばらしい星空になっていたからである。

2 ピッコロ紛失事件

ステロは、集合時刻より二十分も早くやって来た。コトクは、内心やっぱり来たなと思った。今日の当番だったコトクは、七時に来て、譜面台や、椅子や、指揮台を楽器小屋から運んで練習の準備をしていた。

月は、もう四十五度の角度まで上っていた。辺りが暗くなるにつれて、月の大きさはさっきの半分になっていたが、輝きは増していた。夜のとばりがすっかりおりて、広大な麦畑の中に四つ五つとほのかに光っている明かりが、人家のあり場所を示していた。

「今晩は、ステロ君。この前はどうしましたか」

「ああ、ぼく休みましたね。練習に来ることができませんでした」

ステロは、理由にならない返事をしたが、その眼はいつものように澄んでいた。

コトクは、楽器小屋から長い電気コードを引っ張ってきた。それから、指揮台と譜面台にランプを取り付け始めた。それをステロに手伝わせた。ランプの取り付けと、その人数分だけあるコードのプラグをコンセントに差し込む作業は時間がかかる。普通のオーケストラは、団員が百人は必要だが、コトクのオーケストラは編成を簡単にして、それでも七十人近くいた。団員のほとんどは、川向こうの小さな町マシツの少年たちで占められていた。コトクのように、川の北側の一面麦畑でおおわれた農村から参加している少年は六人であった。比較的練習場への距離が近いこの六人で、交替で準備をするのだ。練習場所は、土手の斜面をスタンド状に削って、そこに芝生をきれいに植えているところだ。椅子を並べるころには、手に手に楽器をかかえた少年たちが集まってきた。

八時きっかりにカーゴと指揮者のワカシーが連れだって来た。ふたりとも、多くの団員たちと同じように、川向こうのマシツの町から自転車でやって来る。土手を下りながら、ふたりは何事か話をしている。団員たちは、めいめい楽器をケースから取り出して、音合わせがあるのを待っている。自分のオーボーのAの音で、いっせいに各々の楽器の音を合わせるまでの数分間がコトクは好きであった。小さな不安と緊張、身も心も溶けんばかりのハーモニーへの期待、そういう相対したものが交錯し合うわずかな時間が好きであった。

しかし、今日は指揮者のワカシーはすぐには指揮台に上がらなかった。かわってマネージャーのカーゴが立った。

「今晩は、皆さん。練習に先だってお話ししたいことがあります。まず、今日は七月の第二土曜日です。あと四十日余りで発表会の日がやって来ます。皆さんもよく知っているように、発表会といってもコンクールになっています。昨年は惜しくも二位でした。ミウジュの町に集まってくるオーケストラはわずか五つですが、どこも粒ぞろいです。みんな気をひきしめて練習をしなくてはなりません。

昨年の反省もやりました。今年の方針も決まりました。あとは、課題曲と自由曲にいかに取り組んでいくかです。ここでの練習だけでは十分とはいえません。個人的な練習がぜひ必要です。練習日の他に、週十時間の個人練習を課します」

カーゴは硬い表情で言った。

団員たちはざわめいた。週十時間の個人練習のきつさを思いやっているのだ。

「次はお尋ねです。実は、先週の土曜日にヘレンのピッコロがなくなりました。休憩時間に席をちょっと立って帰ってきたときに、椅子の上に置いてあったピッコロがなくなっていることに気づいたというのです。

それで、だれか、もし知っている人があれば教えてくれませんか。これは、今でなくて後でよろしい。お願いします」

カーゴは、みんなの表情の動きを、ひとりひとりうかがうようにして話した。〝なくなった〟とことばはやわらかかったが、だれかが盗んだのに違いないという気持ちが、こわばった顔や態度に表れていた。知っている人があれば教えてほしいというのも、盗んだ本人が自発的に名乗り出てほしいということであり、だれか怪しいそぶりを見せていた者に心当たりがあればこっそり耳打ちしてくれということであった。

団員のひとりが、これからちょっとこの辺りを捜してみてはと進言した。カーゴは、では練習の前に十分間だけ、と同意した。

練習場のスタンドを中心に、自転車小屋、楽器小屋が、百四十近い眼によってくまなく捜された。外灯を頼りに手分けして捜す十分間は長かった。限られた場所を大勢の眼で捜すのだから、ひとり分の範囲は狭く、時間をもてあました。団員たちは三々五々かたまって、ひそひそ何かささやき合っている。

コトクは、一つのかたまりの会話を聞くともなく聞いた。

「だって、第一にあいつは少なくとも二つ楽器を持っているだろう。オーボーとファゴットさ。まだまだ持っているさ。ああいう楽器は高いんだぜ。普通の家では、専門家でないかぎり持っているはずがないんだ。きっとあちこちから集めたものだとぼくは思う。それに、あいつはピッコロの近くでオーボーを吹いているしさ。チャンスはいくらでもある」

クラリネット吹きだった。彼は、はっきりとステロを怪しいとにらんでいるのだ。

楽団が結成されて以来七年になるが、今まで一度も楽団の中でこんなことは起こらなかった。もちろん、この土地にも小さな盗難はときどきあった。不心得者がいるのだ。どんなに平和に見える所でも、年に一度や二度の不愉快な出来事は起こる。

しかし、今度のように楽器では、盗んでも即生活に使用できるものではない。また、そのピッコロは銀製でこの種のものとしてはたいへん高価なものであったから、めったに人前で吹くわけにはいかないし、売ろうにもかえって怪しまれるのがおちである。つまり、この土地の人間にとっては、ほとんど盗む意味がないといってよかった。しかし、これはステロにはあてはまらなかった。隣の国とはいえ外国人であること、さらには、どんな楽器でも巧みに演奏するという驚くべき才能が、かえって疑いに拍車をかけた。確かに客観情勢はステロに不利だった。

団員のほとんどがステロに疑いの目を向けた。そういう空気を察して、このまま放っておいては後々のためによくないと考えたのだろう、カーゴはステロを呼んだ。

「ステロ君、ピッコロがなくなったことについて、みんなの間にいろいろと憶測が流れています。特に君にとって不幸な内容が多いのです。ぼくたちは、今度の出来事を解決しないままでは楽しいオケの運営ができません。一刻も早く解決して練習に励まなければなりません。そこで君に尋ねますが、君は何か知っていますか、あるいは関係していますか。率直に言いますと君に疑いを持っている者もいるのです」

「ウタガイ?」

「そうです。はっきり言いましょう、君がピッコロを盗んだのではないかということです」

「ヌスンダ?」

「ことばが過ぎたらあやまります。どうですか。この際はっきりしてください」

カーゴとステロの会話は、ふたりに半ば背を向けている団員たちにも、よく聞こえた。

コトクはステロに注目した。そして、そのとき初めてステロに味方したくなった自分に気づいた。「外国人だからといって特別視するな、偏見を持つな」という気持ちが腹の底からわき上がってきた。いつもは優しく思慮深いカーゴまでが本気で疑っているのではないか、と思うと胸の辺りがむかむかしてきた。コトクは、カーゴとステロのすぐそばに立った。

ステロは、しばらく首をかしげてから口を開いた。

「ヌスンダ……。ヌスム、ヌスミですね。そんなことば、ぼくには関係ありません」

ステロはきっぱりと否定した。コトクはああよかったと思った。同時に、彼が入団するときカーゴと交わした会話と同じようなちぐはぐさを感じた。「そんなことは」でなく、「そんなことば」とステロは言った。盗みということばは関係がない、とはいったいどういうことだろう。

「いや、君の方からはっきり打ち消してくれればそれでいいんですよ。関係がなかったということを、ぼくの方からみんなに伝えます。だれだって根拠を持ってあれこれ言っているのではないのですから、納得してくれるでしょう」

カーゴは、ステロの否定のことばと、動揺一つない表情から、彼の仕業ではないことを直感したらしかった。けれども、ステロのことばのおかしさに全く気づいていないふうだった。

集合がかけられた。団員はそれぞれの位置に着いた。カーゴが再び指揮台に立った。

「皆さんご苦労様でした。全員でくまなく捜したのですから、もうこの辺りにはないと思います。あとは、彼女のピッコロが近いうちに彼女の手もとに返ってくることを祈るばかりです。

それから、わたしたちの仲間のひとりへ疑いを持った人がいたことは悲しむべきことです。今後こういうことは厳に慎むようにしなくてはなりません」

カーゴは、最初に指揮台に立ったときの自分の興奮ぶりと、みんなのひそひそ話をもとにステロへ疑惑の目を向けたことを自ら恥じているように、うつむきぎみにゆっくりと話した。

コトクは周囲を見渡した。団員たちはカーゴの方を見ていたけれども、その横顔には、まだ疑いの色があった。ステロがカーゴに打ち消してみせたところで、それはただことばの上だけのことであった。ステロが盗んだ証拠もないけれど、ステロではないという証拠もなかった。

コトクは立ち上がった。

「マネージャー、ぼくの発言を許してください。ピッコロがなくなったことをぼくたちは今夜初めて聞きました。そしてぼくたちの中のひとりが疑われている。はっきり言いましょう。ステロです」

まわりがしいんとなった。

「ステロこそいい迷惑です。〝寝耳に水〟とはこのことです。彼の行動をいちばんよく知っているのはこのぼくです。だってそうでしょう、彼とぼくはいつも並んで練習しているのですから。しかも、ぼくの記憶に間違いがなければ、問題の土曜日の休憩時間は、今度の曲をふたりで練習していたのです。いいえ、間違いありません。ぼくが保証します。ステロの名誉のために保証します。確かに、彼とヘレンの席は、間にふたりいるだけのごく近い所です。体を傾け、腕を伸ばせば容易に手が届く位置です。けれども、彼のそういう行為をぼくは一度だって見たことはありません。それでもまだ疑うのなら、みんなはぼくの目を疑うことになります。ぼくは、もう一度この辺りを捜してみることを提案します」

コトクは、自分でもいささか感情的になっていることに気づいていた。まるで自分が犯人扱いされているような気持ちになってきていた。百パーセントステロを信用していたわけでもなかったのに、強いことばが自分の口からぽんぽん出てきたことに自ら驚いた。

「今捜したじゃないか。もう一度捜すなんて無駄だと思うよ。それに、今までこんなことは一度もなかったのに、急に問題が起こるのは、団員の変化のせいだと思うのは人情じゃないか。これも、マネージャーの釈明で一応解決したことになったけどさ」

コンマス（コンサートマスター）のノーセが座ったままで言った。ノーセは、バイオリンの技術は相当なもので、将来は音楽で身を立てる決心をしていた。しかし、彼の自負心は、しばしば不遜な感じを人々に与えていた。

「だから捜すのです。解決したということは、ぼくたちの中のだれもが犯人でないということでしょう。すると、ピッコロはこの近くにきっとあるはずです。ただ残念なことにはなくなってから一週間もたっています。聞けば、彼女は今にもどってくるという気持ちからマネージャーに報告しなかったそうですが、これは彼女を責める材料になりません。むしろ、彼女が穏便にことをすませようとした気持ちをくんでやるべきだと思います。

いずれにしても、まだ一度しか捜していません。念には念を入れということもあります。文字通り草の根を分けても捜すべきです。そして、今夜もし見つからなかったときは、明日、明るいうちにもう一度捜すのです」

コトクは、あくまで自説を曲げなかった。だれも捜す気がないのなら、自分ひとりでも捜してみるという気迫がありありと見えた。マネージャーはコトクの気迫に押された。団員たちも一応筋の通った話に従わないわけにはいかなかった。

カーゴの指示で練習場所から始めることにした。今度は譜面台のランプを外した。そして自分の居場所を中心に照らし出していった。小さな光の輪が五〇センチほどの間隔を置いていくつも続き、それらがゆっくりと動いた。

ものの一分もたったろうか、

「あ、あったわ！」

ヘレンが、自分の足下の芝草の中から鈍く光るピッコロをつかみ出した。キィのところどころに黒い土がついている。歌口にも黒いものが見えた。彼女のかたわらで同じように捜していた少年が、ピッコロの出てきた辺りをじっとランプで照らしながら言った。

「メクラネズミの穴だ。ハハハ、この穴にはまり込んだのだ。それにしても大きな穴だぞ」

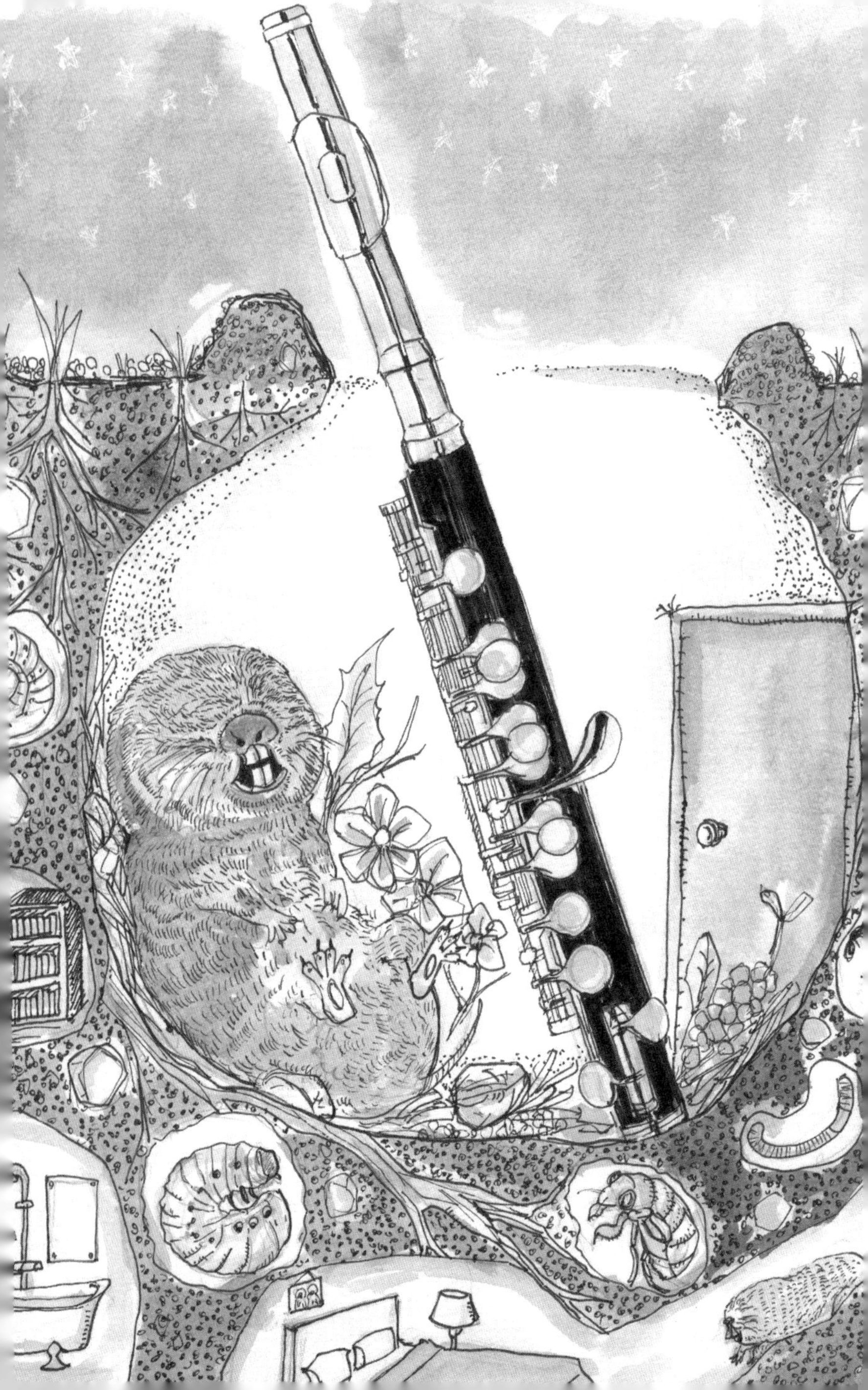

椅子から何かの拍子で落ちたピッコロが、ちょうど上を向いているメクラネズミの穴に吸い込まれたらしかった。長さがわずか三〇センチ余りの小さな楽器だから、はまり込んだことは容易に想像ができた。

「ちょっと手を突っ込んでみるか」

さっきの少年が面白がってひざまずいた。

「よせ、よせ。出歯ネズミにかみつかれるぞ」

そばでだれかがからかった。

メクラネズミはモグラに似た動物で大きな爪を持ち土を掘る。そして地中に長大な穴を掘り進み、植物の根などを主食として食べている。門歯が大きく口の外に突き出ているので、出歯ネズミとあだ名されているのだ。

団員の間にほっとした空気が流れた。コトクはステロを見た。彼は、自分が盗んだと疑われていたピッコロが無事出てきたにもかかわらず、いつもの無表情であった。ポーカーフェイスなのかうれしくないのか、コトクにはいささか不満であった。

ノーセは、これもまた無表情であった。その無表情の中に、コトクとの言い合いを思い起こして次第に不機嫌になっていく気持ちを無理に抑えようとする様子が見えた。

コトクは、これでステロの疑いは晴れたと思った。大きな安堵が心を占めた。けれども、ステロの気持ちだけはどう考えても測りかねた。やはり普通の人間と違うのだろうか。それとも、隣国の人間というのはあんなものなのだろうか。彼は、自分の想像を超えた何かがあるように思われてならなかった。

やっとワカシーが指揮台に立った。しかし、今夜の音は妙にちぐはぐで、ワカシーは何度も練習を中断させた。

あれやこれやで練習がやっと終わった。帰ろうとしたとき、ステロがコトクに向かって言った。

「ぼくは、メクラネズミと同じです」

謎のようなことばであった。

3 告白

また一週間が経過した。練習は熱心に行われていた。ピッコロの事件以来、オケは平穏であった。ただ、コンマスのノーセが自宅で朝晩猛烈な練習をしているということが伝わってきた。全体練習でも、パート練習でも、彼の意気込みに皆は圧倒された。コンマスという重要な役割を担っていたためばかりではなさそうであった。そこには、明らかにステロへの対抗意識が働いていた。

それからもう一つ、ステロについて特筆すべきことが起こっていた。それは、コトクに向かって笑顔を見せたことだ。他の団員は気がつかない程度の目と唇の動きだったが、コトクはステロの内側に何か大きな変化が起こっていることを敏感に感じ取っていた。

練習の前に、ステロはそのかすかな笑みをたたえながらコトクに言った。

「今晩時間を少しいただけますか。お話ししたいことがあるのです」

コツコツと、木製の譜面台が二度指揮棒でたたかれると、辺りがしいんとなった。次いで真っ白い手袋をはめられた二つの手が、闇のやや高い空間に魔術の一場面のように浮かび上がると、一瞬息を詰めた緊張感が辺りを支配する。と間もなく、白い二つの手がほんのわずか上昇したかと思うと、その反動でどんと振り下ろされる。その瞬間、全楽器が力強く鳴り響く。ツーレ・ジュニア・オーケストラの練習の始まりである。

右手の先には、やはり白く塗られた指揮棒が突き出ており、絶えず上下してリズムをとっている。左手もそれ自体が生きた個体のように動いて、団員にその意思を伝える。あるときは、音の出だしを指示し、あるときは、音の強弱を要求する。そして、その合間をぬうように、ランプに照らされた譜面台の上の総譜をせわしくめくる。

指揮者のワカシーは、常に誠実で自分に厳しかった。そして、その誠実さや厳しさを、決して他人に求めるようなことはしなかった。例えば、彼自身は練習開始の時刻に遅れたことがなかった。だから当然、団員が遅刻してこそこそと席に着くと注意してもいいのだが、そうはせずに逆ににこにこしてその団員を迎え、丁寧に次の練習の指示を与えるのだった。それでは規律が守られていないのかというとそうではなく、二度三度と続けて遅刻するような者も、しまいには早く来るようになるのだった。ワカシーは、そうさせる独特の雰囲気、遅刻をするとワカシーに悪いと心から思わせるような雰囲気を持っていた。

また、ツーレ・ジュニア・オーケストラが結成されて以来、ずっとワカシーが指揮をとっているのだけれども、家庭の事情で遠くへ引っ越したふたりの団員と、年齢オーバーで退かねばならなくなった者を除いて、ひとりも退団した者がいなかった。なぜならば、ワカシーは、音楽を、自分の楽器を、オーケストラを心から好きにさせ愛させる名人だったからである。団員のひとりひとりの演奏技術に応じて譜面を用意し、練習させ、注意をし、ほめ、そして、ハーモニーの喜びと演奏に参加した満足を与えるのであった。もちろん、その間、ワカシー自身も団員といっしょになって悩んだり、苦しんだり、喜んだりするのであった。こうした献身的な態度は、また、彼が団員のだれからも愛され尊敬される理由にもなっていた。

最近、ワカシーは、単に音楽だけでなく、演劇、文学、さらには絵画まで勉強して、指揮者たる者は幅広い知識と教養を身につけることが必要だという彼のモットーを、精力的に実践していた。そういう地道な努力は、指揮にも表れてきた。彼が探求する音楽が、次第にその姿をはっきりさせ始め、特徴がないと言われた指揮ぶりに、個性が芽生えてきたのだ。

ワカシーは、団員たちの演奏に、今夜も確かな手ごたえを感じて指揮台を下りた。


同じようなオーボーの黒いケースをかかえながら、ふたりは並んで土手を上がった。そして、どちらからともなく川に面した土手の縁に腰を下ろした。ふたりの背中を月の光が青白く照らし出している。練習場の外灯が消されて、明かりと言えば月と無数の星の光だけであった。団員たちのかん高い声が、橋を渡り切ったところから急に小さくなってやがて消えた。かわって川面をはねる小魚が、遠く近くピチャッ、ピチャッと水音を立てた。

「コトクさん、これからぼくのことを話します。けれども、これから話すことは絶対に秘密にしてください。約束してくれますか?」

ステロは、コトクの目をじっとのぞき込んだ。コトクも彼の青い目を見返した。そこにはコトクに一種の怖さを感じさせるものがあった。なんだか得体の知れないステロの口から、どんなことが打ち明けられるのか。

怖い物見たさと、一目散に逃げ出してしまいたい衝動とが、コトクの心の中で激しく、交錯し戦った。だが、ステロも自分と同じ人間だということに思い及んだとき、コトクは大きくうなずいていた。

「コトクさん、ぼくは星人なのです。地球の人間ではありません。もちろんオートス人でもありません。太陽系の隣のケンタウロス座というのを知っていますか。今ごろは見えませんが、初夏の夕暮れどきに南の地平線に見えます。その一角にある地球とたいへんよく似た星の人間なのです」

彼は長いこと胸につかえていたものを一気に吐き出すように言うと、ほっと大きなため息をついた。

「ウソをつくことがこんなに苦しいものとは思いませんでした。初めは何ともなかったのに、毎日胸の上に厚い鉄板を一枚ずつ載せられていくような気持ちでした。星で想像していたものとは大きく違いました。本当に経験は貴重です」

ステロは笑った。コトクもなぜだか笑いが込み上げてきた。しかし、コトクの笑いは声にならなかった。のどの奥に大きなものがつかえていた。強い衝撃であった。平衡感覚を失ったようで、姿勢を保つのがやっとだった。ステロをあくまでも異国の人間という範囲で考えていたから、地球を飛び出して宇宙にまで想いを馳せることを急に要求されても、頭がとても追いつきそうになかった。けれども不思議に恐怖感はなかった。コトクはやっとの思いで口を開いた。

「ちょっと待ってください。何とか座と言いましたね。ケンタウロス座ですか。そこに地球と同じような星があるのですか?」

「あるのです。事実です。現にぼくがこうして話しているのが何よりの証拠です。

地球の人たちは、UFOとか、地球の科学では説明しきれない不思議な出来事をたくさん目撃していますね。けれども、相当な科学的知識を持っている人たちでさえ、いや、相当な科学的知識を有しているからこそと言いかえた方がよいかもしれませんが、頭からそういうことを信じようとしません。ＵＦＯを見たと言っても、証拠がないというし、苦労して写真に収めれば、作り物だという始末です。とにかく、地球人よりすぐれた文明を持っている生物が存在することを肯定しません。彼らが現在持っている科学で説明できないことは、すべて虚偽か、人騒がせということばで片づけてしまうのです。まるで、地動説を唱えたガリレオを自宅に軟禁してそのまま病死させてしまったローマ法王庁の僧侶のようではありませんか。

宇宙には、何億、いや何十億という星があります。その中には、地球人と全く似ていない高等生物もいます。また、地球人と姿、形がほとんど変わらぬ生物もいます。都合がいいことにはぼくは後者の方です。ぼくは勉強のために地球を選んで飛んできたのです」

ステロは地球のことについて詳しかった。コトクよりも広く深く知っているようであった。文明がはるかに進んでいる星からやって来ているのだから、それは当然かもしれなかった。それなのに、いったいステロはこの地球から何を学ぼうとしているのだろうか。

ステロは、コトクの疑問を察したように話を続けた。

「ぼくは、地球人の持っている科学を研究に来たのではありません。地球の人たちと友だちになりたくてはるばるやって来たのです」

ステロは地球の人たちと友だちになりたいという。そういえば、彼はオケへ入団したときも同じようなことを言った。目的は何だろう。ただ友だちを作るだけではなさそうだ、そこから何を勉強しようとするのか。疑問はいっこうに解けなかった。

川面は、無数の星を映してさざ波を立てている。ときどきまた魚がはねるのか、水晶のような輝きを見せて小さく水柱が立った。

「友だちになりたいといっても納得していただけないでしょう。理解していただくためには、ぼくたちの星のことから詳しくお話しする必要があると思います。

星には年をとった指導者がいます。オサと言います。もう三百歳を超えています。文明の進んだぼくたちの星でもやはり三百歳は長寿の部類に入ります。オサは、ぼくたちの星の歴史を最もよく知っています。そして、地上での生活を経験した数少ない

MUSIC
RAIN
THUN
SUN
SNOW
LANGUAGE
SEA
STA
P.E
MOUNTA
FOREST

者のひとりです。彼は慨嘆してこう言います。

『星は変わった。それ以上に星人は変わった』

もともと、ぼくたちの星は、現在の地球に非常によく似ていました。しかし、五百五十年ほど前から気候が急激に、といっても星の長い長い歴史から考えてのことですが、約三百年ほどの間に変わってしまったのです。そのため、地上に住めなくなりました。オサは、それを星人のせいだと言っています。詳しくは教えてくれません。すべてはオサの頭の中にしまい込まれているのです。わずかに想像できることは、気候の変化は、地表を壊滅させてしまうほどのある兵器、それも大量の放射線を放出し何百年も消えずに残る兵器を使用したためではないかということなのです。はっきり分かっていることは、ぼくたちの住んでいる地下の、地上真近には、鉛が厚く張りめぐらされていることです」

ステロは大きくため息をついた。

「地上に住めなくなって、星人は地下へ住むようになりました。『ぼくはメクラネズミと同じだ』と言ったのはこのことなのです。そして、たくさんのビルを建てました。

三十五階建てのビルといえば、地下三十五階の建造物です。もちろん、この地球の建物のように天へそそり立つ姿は見られませんから、高い低いの見当はつきません。入り口の表示で判断するしかないのです」

「高い、低いって、地下にある建物でもそう呼ぶのですか？」

「ええ、星でもそう言うのです。数学で使う座標というのがありますね。あのX軸が土地の表面と仮定しましょう。すると、ぼくたちはX軸より下、つまりY軸のマイナスの所に住んでいることになりますね。地球では、Y軸のプラスの部分に家が建っていて、プラスが大きくなればなるほど高いと言います。それと同じように、星では、マイナスが大きくなればなるほど高いと言います。ですから地下一階は最高に低い所になります。そんなにおかしい理屈ではありません」

　聞いてみればなんでもないことだった。ただ何となく実感としてぴんと来ないし、きつねにたぶらかされているような気持ちであった。

「ぼくたちが住んでいる所ほど住みよい所はありません。成分が理想的に計算されて送られてくる空気、ほどよい温度や湿度、人工太陽照明、快適さから考えるとこれ以上のものはありません」

　コトクは、ステロが誇らしげな表情をしているのではと、月の光に照らされている彼を見た。しかし、遠くの方を見つめているような彼の目も、その端正な横顔も動かなかった。

「地上で生活した経験のあるオサは、星にはロマンがなくなった、感動がなくなったと口ぐせのように言います。地下五十階のあちらこちらには、〝山の広場〟〝海の広場〟〝星の広場〟と名づけられた、本物そっくりの自然が見られる場所が造られています。〝星の広場〟を例えてみますと、ほら、プラネタリウムを見たことがあるでしょう、あの手のものです。それだけではありません、〝雪の広場〟〝雨の広場〟〝雷雨の広場〟まであるのです。

　地上から地下にもぐったぼくたちの先輩は、生活が安定するとともにオサの命令で地上の自然を必死になって模作し始めました。自然はしばしばドラマより感動的だと言います。空想したり、自由な物思いにふけったりできる自然の空間を与えて、人々に人間的感動、いや星人的感動を味わわせようとオサは考えていたのです。四角いコンクリートの壁の中では、決して思索に没頭できないことをオサは知っているのです。けれども、いくら精巧に造られていても人工は人工です。偽物です。ダイヤに似せたガラス玉のようなものです。人工の自然もしばらくすると星人たちにそっぽを向かれてしまいました」

ステロはなおも続けた。

「それに比べて地球はすばらしい。本当の自然、本当の空気がある。花が木が天に向かって呼吸している。草がやわらかい土に根を伸ばしている。メクラネズミがそれを食べる。なんとすばらしい仕組みであり、循環ではありませんか。すべてのものが生きているではありませんか。ぼくは、この地球へ来てオサの言う感動の意味を初めて知ったのです」

ステロの声に張りと響きが加わった。彼の瞳には川のきらめきが映っていた。そして、それがじわじわと露のようにふくらんでホロリと彼の頬の上を流れた。コトクは、その一滴の涙にステロの大きな変貌の証を見たように思った。

ちょっと途切れた話がすぐ続けられた。

「地球へ飛んで勉強してこい、とオサが言ったときぼくは最初渋りました。ぼくたちの星よりも文明の遅れた地球へ飛んでみたところでいささかの成果もあるまいと考えたからです。すると、オサはお前をテストすると言い出しました。地球のことばに相当する、あるいはそれに最も近い星のことばを述べよと言うのです。そして、一つでも満足に答えられなかったら地球へ飛べと命令したのです。けれどぼくは、地球語辞典を完全にそらんじていましたから返答をする自信がありました。

オサは、まず〝友だち〟と出しました。ぼくは即座に〝知り合い〟と答えました。オサはうなずきました。第一問は合格したのです。次に、〝手づくり〟ときました。〝規格外品〟と答えました。またオサはうなずきました。そして、とうとう地球へ飛ばなければならない問題を出されたのです。それは〝愛〟でした。ぼくは、一生懸命そのことばを頭の中にある辞書で探しました。けれども、〝愛〟という見出しはあっても、そこにはただの一行も説明が書かれていないのです。空白になっているのです。

オサは言いました。お前の返答のうち、前の二つは星の世界で通用する。それでよい。しかし、地球では〝友だち〟と〝知り合い〟、〝手づくり〟と〝規格外品〟には、はっきりした違いがあり、使い方を区別するのだ。三つめの問題は分からないのが当たり前だ。深い深い意味を持っている、星にはない概念だ。地球人の辞書にはもちろん意味が載せてある。しかし、それも不完全なものだ。〝愛〟は簡単に説明がつかないものだ。理屈ではない。だからお前は地球まで飛んで〝愛〟というものに触れてくるのだ。

お前がやっている音楽も地球でいう〝音楽〟ではない。個人プレーで楽器をむやみやたらに速くかき鳴らしているだけだ。お前は〝音楽〟を手段にしてまず〝知り合い〟を作れ。しばらくすると〝友だち〟を作ったことになろう。そして、わしの予想に狂いがなければ、お前が地球を離れるころには、〝愛〟のなんたるかが多少でも分かるであろう。

それから忘れるな。わしがお前に期待することはもっと他にある。それは愛とつながりはあるが現実的なことだ。星人たちを救うことになるのだ。このことについてはお前が帰還してから話そう。もっとも、聡明なお前のことだから帰りの円盤の中ででも気がつくかもしれぬ」

ステロは、オサのことばで一息ついた。

「ぼくは、地球訪問の目的は理解できましたが、最終的な使命はまだ疑問のまま残っています。ぼくの生涯をかけての仕事になるだろうということは、オサのことばからも分かりますが……」

口調は静かだったが、力強かった。

「地球までは約一日の行程です。ぼくたちの円盤は、光より二千倍も速く飛びます。遠くない惑星へはしごく簡単に旅行できます。しかし、星人はめったに円盤を飛ばせません。一つの理由は、ぼくたちの知っているかぎり、自分の星以上に高度の文明を持った星はないからです。もしあったとしても、ぼくたちの円盤すら飛んで行けない所です。

もう一つの理由は、星人たちが冒険心を失っているからです。現実の生活が類のないほど充足して安穏なのです。開拓の精神は、向上心とか不満を持っているところから生まれてきます。その向上心とか不満がないために、星人たちの多くに怠惰がかびのようにはびこっているのです。

物、すべての物が自由に手に入ります。地球のお金に当たるようなめんどうなものは星にはありません。欲しいものはそれらが並べてある所からいくらでも持って帰ればいいのです。ぼくは、円盤に他の品物といっしょにあらゆる楽器を積んできました。ですから地球で必要なものはすぐに間に合うわけです。生産活動は、完全にコンピューターをチェックするだけです。したがってぼくたちの労力は教育に注がれます。けれども、おそらく地球の教育と異なる点は、それが知識と技術の伝授に限られていることです。一定期間が過ぎれば、教えた者と教えられた者は、〝知り合い〟でしかなくなります。いずれにしても、星人は万能でなければなりません。寿命はどんどん延びていますが、遅くとも二十歳までの間に、音楽、体育、語学の全部を習得しなければなりません」

コトクは素朴な質問をした。

「体育はどんなことをするのですか？」

「これは授業の中ではいちばん面白いです。ぼくはまだ入門程度ですが、体育といえばすべて球技です。星では三人寄れば必ずといっていいほどひとりは邪魔者扱いをされるかいじめられます。星人の悪い習性です。ですから、それを防ぐために何をするにも一対一の二人でやります。球技のみの体育も例外ではありません。テニス、卓球、バドミントンの指導を受けましたが、ダブルスの試合はありません。シングルスに限られています。ですから、地球で人気のベースボールとかサッカーとかラグビーのような団体競技はもともとありません。ぼくは、いちばんコートの広いテニスに力を入れてやっていますが、これは面白いです」

「美術や文学はないのですか?」

「いったい何を描くのです。山も森も林もありません。あっても人工の偽物ばかりです。りんごやぶどうもありません。人物を描こうにも相手にしてくれません。〝知り合い〟のきわめて事務的な接触の仲では頼む気にもなりません。美術は、生活が地下へ移ってから捨てられてしまいました。文学も生まれる要素がないのです。人々は、オサが言うように感動を失い、ロマンを忘れました。小説も過去の遺物として古典という形で残ってはいます。最年長に属する人たちが、資料館で大切に保管しています。それも、若い星人たちから見れば、過去への郷愁です」

「音楽は残っているのですね。そのへんがよく分かりませんが……」

「いえ、音楽だって今では衰退の一途をたどっているのです。だれかがくい止めないかぎり、やがて忘れられていく運命にあるのです。音楽の中でも、声楽は姿を消しました。だいたい感動があるところから大きな声が出るのです。現在でも行われているのは器楽です。それも独奏です。一つの楽器をいかに速く正確に巧みに演奏するかに人々は血道をあげます。例えば、地球の楽器で言えば、ピアノの鍵盤を、一秒間に百回もたたくピアニストがいます。バイオリンのG線からE線、E線からG線へと弓を百回移動させるのに、わずか五秒しかかからないバイオリニストもいます。そうした技巧に、評論家たちは唯一の高い評価を与えます。

　ぼくは、生まれて間もなく音楽と語学の勉強に専念するようになりました。いや専念させられたのです。これもオサが決めたことです。今から思えば、今日のことを彼は考えていたのかもしれません。

　星人たちは、生まれながらにして、高い知能と訓練すればするほど俊敏さを増す運動神経を持っています。マンツーマンで一日八時間の訓練を受ければ、あらゆる楽器に熟達することは短期間で可能です。ぼくもそうした訓練を受けたひとりです」

ステロの言っていることには一つ一つうなずけるものがあった。ステロへの懐疑、ステロの不思議さが、氷のように溶けていくのをコトクは感じていた。自分の右側に腰を下ろしている人物の口から流れ出てくるものは、夢でも幻でもなかった。すでに一か月以上も経過しているステロとの交わりを通してコトクが知り得た事実が、そのことを証明していた。

「ぼくは、そういう訓練を受けました。そして、出発前の一週間はオサの振るタクトに合わせる練習をしました。普通ぼくたちの演奏は、一分間に四分音符がいくつと楽譜に定められているものを正確にやるのです。勝手にテンポを変えたりするといっぺんに評価が下がります。ところが、地球では、指揮者というものが未だに残っていて、何種類もの楽器をいっしょに演奏させる形態をしばしばとるということを聞かされました。ぼくは、それがどういう音楽になるのか興味は持ちましたが、また軽べつもしていたのです。指揮者の気ままな解釈の演奏が、いかに作曲者を侮辱し、音楽を冒涜する行為であるかに思い及んだからです。また、指揮者の創造するハーモニーというものもぼくには実感として理解できなかったのです。

でも……でもコトクさん、この一か月余りの間あなたたちと練習を重ねるにつれて、何かこう胸の中がむずがゆくなるような、息苦しくなるような気持ちになってきました。だれとでも握手したくなるような、星では全然習慣にないことまでしたくなる気持ちになってきました。

コトクさん、教えてください。これが本当の音楽でしょうか。音楽する喜びというものでしょうか？」

ステロは体ごとコトクの方を向こうとした。それを土手の斜面が邪魔をして、ステロは上半身だけコトクの方を向いた形になった。地球よりも文明、正確に言えば科学技術が進んだ惑星からやって来たステロが尋ねているのだ。ステロの顔は、答案の合否をうかがう小学生のように真剣であった。

「間違いありません。絶対に間違いありません。君は、音楽の喜びをすでに味わっているのです。感動に説明はいりません。多くを語る必要はないのです。たとえ、ぼくが感じている喜びと君の感じている喜びが多少違ったものであっても、喜びに違いはないのです。ちょうど色覚障害の人が、緑を灰色に感じてもそれを緑ということばで表すように。ぼくたちは、彼にお前は異常だと言う権利はありません。なぜなら、ぼくたちの色の感じ方が絶対に正しいとは限らないからです。もし真実というものを、神ならぬ人間の頭や目で判断し求めようとするならば、それは一つに限りません。相対的なものです。同じ物を見ても、つまり絶対的な一つの事実を見ても、みんなそれぞれ受け取り方が違いますからね」

ステロは、コトクのことばに自信を得たらしかった。遠くを見つめる彼の瞳にはとうに涙は消えていた。

「ぼくは、地球の生活に慣れてきました。道を歩くことにも慣れました。地下道の文字や数字だけを頼りに歩く星の生活がいかにつまらなく、くだらないものかが分かりました。何かを目標にしなければ歩けないぼくは、最初星を目標にしていました。だから、空が曇った夜には、ぼくは練習を休んだのです。しかし、もう大丈夫です。星のない夜は、この川のきらめきに沿って歩きます。水は、どこからでも光を集める力を持っています。

あのたくさんの星を見てください。ぼくが地球から眺めている星を。なんという美しさでしょう。まるで、しっかりと暗幕に張り付いた無数の小さい宝石のようではありませんか。〝星の広場〟の星はまたたきます。けれどもここではどうです。星は静かに絶え間なく光を送ってきています。本当の星は、またたかないのですね」

ステロは、ふたりで話している間にも、少しずつ人間になっていくようであった。彼は音楽と自然のすばらしさが分かりかけ、それが意識しないで口に出るようになっていた。コトクはステロの言うままに星空を見上げた。この広く遠い宇宙のかなたから地球へ飛んできている少年がいる。そして自分のかたわらで話している。やはり夢だろうか、幻だろうか、こんなことが現実にあるのだろうか……。

コトクは、ステロに自分自身が言ったことばを思い出していた。真実は一つとは限らない。受け取り方は人さまざまだ……。すると、これも真実の一つに相違ない。もし真実でないとすると、真実とはなんと面白くないものだろうか。コトクは、身近な美しいものを忘れていた。ステロによってそれらが再び呼びさまされた感じだった。見上げる星は美しかった。美しいということばのほかに適当な修飾語は見つからなかった。彼は自分の体が浮き上がって、清涼な夜空にふわふわと漂っていきそうな感じに襲われた。

「コトクさん」

ステロのことばで我に返った。

「地球へ来て、オサの偉大さ、深謀遠慮が少しずつ分かってきました。ぼくがここで勉強すればするほど分かっていくような気がします。そして、オサの偉大さがはっきりつかめたときに、ぼくは星人として新しい出発をするのです。でも……」

「でも……、なんですか?」

「ええっと、よく分かりません。まだ経験していない〝悲しさ〟ということばがふいに頭の中へ浮かんだのです」

ステロは、一瞬顔をゆがめたが、すぐに快活になった。

「ああ、もう月がだいぶ西へ傾きましたね。先週はありがとうございました。ピッコロのことです。それに、今晩は長々としゃべって貴重な時間をあなたから奪いました。許してください」

　ステロは、オーボーのケースを手にして立ち上がった。そして、さようならを言うと、もう峠の方に向かって歩いていた。コトクも立ち上がって彼の後ろ姿を見送った。ステロの体に月の光が届かなくなると、コトクはひとりになった。ひとり取り残されたまま空を仰いだ。流れ星が、すうっと白い尾を引いて消えた。

4 技比べ

ステロは休まずオケに参加しだした。あれから四度のうち、先週の日曜日はあいにくの曇り空であったが、彼は遅刻もせずにやって来た。

ステロの評価は、楽団員の間で次第に高まっていった。入団してきたころ、みんなから〝天才〟と言われていたのは、二つの楽器が吹け、しかも技巧的にすばらしいという理由からであった。しかし実際には、速い曲のときはめだたないが、ゆっくりした曲のときは何のへんてつもない棒のような音の羅列に終始していたから、本来の意味の〝天才〟には遠かったのだ。それが、日がたつごとに、練習を重ねるごとに音に丸みが出、感情がこもってきた。だから、彼のオーボーのソロのときはもちろん、管楽器だけの練習のときは弦楽器の者が彼の音を選んで聞き耳を立てるほどになっていた。

第一オーボーを吹いていたコトクは、指揮者のワカシーに申し出て、先週から自由曲のソロの部分だけ第二オーボーのステロに譲った。それは、ステロの技巧がコトクのそれよりも勝っていたためではなかった。自由曲の第三曲はテンポがゆっくりとしていて指使いも単純であった。そして、ソロの部分は伸びやかな叙情性を要求されていたから、ステロよりもコトクの方がむしろ適任だといえた。

しかし、コトクはソロの部分がそういう叙情性を要求されていたからこそステロに譲ったのであった。ステロに一日も早く感情をこめた演奏ができるようになってもらいたいという願望と好意の表れであった。

ステロはコトクの期待に応えた。まだときどき棒のような音をのぞかせることがあったが、それはコトクとても同じようなものであった。ステロが急速な進歩を遂げつつあることは、ワカシーが彼にソロを許したことからもうかがえた。

ステロの評価が高まった補助的原因があった。それはステロの表情が豊かになったことであった。蝋人形と陰口をたたかれた無表情や動作のぎこちなさは消え、少年らしい明るさとはつらつとした態度を身につけ始めていた。会話の中に、この地方のなまりがまざるようにもなった。彼の音楽に関する将来性に不安を抱いていたワカシーもカーゴも、ひそかに期待を寄せ、彼が楽団員として長くとどまることを望むまでになった。

ところが、今週の練習がすべて終わって帰ろうとするステロをつかまえて、ノーセが難問をふっかけた。コンサートマスターという自負がそういう行動として表れたとしか思えなかった。難問というのは、バイオリンの弾き比べをやろうということであった。

発端は、ノーセの、バイオリンを弾くことができるかという質問からであった。ステロは、少しは、と答えた。ノーセは、ではチゴイナーワイゼンはどうだ、と聞いた。知らない曲だけど、多分弾けるでしょう、とステロは言った。そのとき、ノーセは一瞬顔をゆがめた。バイオリンを手にしたことのある者ならば、一度は弾いてみたい曲を知らぬと言い、多分弾けるだろうと言う。ノーセはからかわれたと思い、感情的になった。それでは、次の土曜日の練習の前にふたりでチゴイナーワイゼンを弾こう、楽譜を用意して練習しておきたまえ、と言った。ステロは迷惑そうな表情のままだったが、仕方なくうなずいた。コトクはステロに大丈夫か、と尋ねた。ステロは、やはり「多分」と短く答えた。

次の土曜日が来た。先週のふたりのやりとりを見ていた団員たちのほとんどが、早く出てきた。挑戦する立場はどちらだろう、ステロの方だろうか、それともノーセの方だろうかというささやきが聞こえてきた。いや、ノーセの技巧はすばらしい、ノーセはもう五年も前からあの曲に手をつけてきたというからね、挑戦するのはやはりステロの方さ、とひとりが答えた。

ステロも無茶なことを引き受けたものだ、彼ができるのはおそらく管楽器だけだろう、なるほどオーボーもファゴットもうまいものだ、しかし彼がバイオリンをやるとは思えない、弦楽器は熟練するのにたいへんな時間がかかるからね、とまた別のところから聞こえてきた。そのことばは、コトクの不安をあおった。ステロのことだから弾いてくれるとは思ったが、彼の「多分」という返事がひっかかっていた。それが、ステロの謙虚な気持ちから出たことばであることを願っていた。団員たちは、これから始まろうとすることに一種の野次馬的な興味の面持ちを浮かべてふたりを取り囲んだ。

ノーセが、ぼくから弾こう、と言ってバイオリンをあごと肩の間にはさんだ。ふたりは、曲の第三部を弾くことにしていた。非常に速い曲で、発表当時から無類の難曲と言われてきた。バイオリンの奏法上のあらゆる技巧を駆使している点でも有名であった。今でこそ練習方法の進歩によって幼いときから取り組む者もいるが、難曲には違いなかった。

ノーセは暗譜していたが、一応楽譜に正対した。血のにじむほど練習した曲であったが、三度に一度は音程がわずかに狂うところがあった。しかし、今日の彼は残りの二度に賭けていた。

曲はイ短調の二重和音から始まった。フォルテッシモの強烈な和音から十六分音符のスピッカートに移る。そこはピアノの部分だがはっきりと聞こえる。同じスピッカートを繰り返す。二区切りめの高音部もうまくいく。次の区切りの後半の部分、十六分音符の口の音から一オクターブ上の音に上がって、そこからの下降短音階も無事通過する。転調された中間部のイ長調に移った。ノーセの弓は細かく動いた。軽やかで明るい感じが十分に出ていた。ここは、ノーセが最も得意とするところで、ピアニッシモの中に豊かな情感がこめられる。けれども、繰り返しをしているうちに次の再びイ短調にもどった後の部分が懸念された。失敗するのはいつもそこなのだ。イ短調に入った。そこからフラジオレットである。最初の小節はうまくいく。問題は次の小節だ。ノーセは緊張した。緊張した分だけ指がかたくなった。二小節めのニの音を弾き、そのままの人差し指で第三ポジションから第四ポジションに変えてホの音をフラジオレットで弾く。その音を弾いたとき、ノーセはしまった、と思った。音が上がりきらず、わずかに低くなった。ノーセは動揺した。しかしかまわず弓をぐっと左に傾け次の小節に移り、G線上に指を走らせる。そしてさらに次の小節でまたつまずいた。前の失敗と同じくずれ方だった。前の音がわずかに低かったことを意識して、今度は高くなった。テンポが速いうえに、非常に高い音だったから普通の者には聞き逃される失敗であった。そばでじっと聞いているステロの表情からは、彼が気づいているかどうか分からなかった。

ノーセは続けた。左手のピッチカートはあざやかであった。最初のイ短調部分の再現部に入った。終曲である。非常に速い高音のスピッカートが奏でられると曲が終わった。

期せずして団員たちの間から大きな拍手がわいた。ほんのわずかな失敗を除けばすばらしい演奏であった。


団員たちは、ノーセの技量にコンサートマスターとしての底力を見た。

ステロの番になった。彼は一礼してノーセからバイオリンを借りた。今日は、彼はバイオリンを持ってこなかった。団員たちに余計な憶測をさせないための配慮のようであった。

彼は楽譜に近よりそれを目で追った。真剣な眼差しのようでもあり、いつも見慣れた楽譜を見ているようでもあった。一通り見終わると、すぐにバイオリンを構えた。

まわりがしいんとなった。ステロのバイオリンは初めてである。はたして本当に弾き始めるのか、それともそのままバイオリンを下ろしてしまうのか、大きな賭けの結果を待っているような気分が周囲にみなぎった。

　ステロは、静かに目を閉じると弓を持った右手を大きく上げた。続いて、力強い速い二重和音が空気を震わせた。次いで十六分音符が続く。胸苦しささえ覚える。次は問題の箇所だ。聞いているコトクも思わず力が入る。ノーセの上がり切らなかったところも上ずったところもあっという間に通り過ぎる。ピッチカートも正確そのものだ。再現部でさらにスピードが増す。

　終わった。

　団員の間から拍手が起こった。しかし、それはノーセが弾き終わったときとは比べものにならないほど小さかった。わずかに二、三人の者が手をたたいただけであった。あとの者はぽかんとしていた。まるで何も耳に入らなかったような様子であった。

　ノーセは、外灯のせいばかりでなく蒼白になっていた。自分の負けを完全に思い知らされたふうに、ステロから返されたバイオリンをケースに収める目はうつろであっ

た。

しかし、コトクはノーセの選曲が間違っていたことに気がついていた。

ノーセが、もしこの曲の第三部でなく、第二部を選んでいたら完全に彼の勝ちになっただろう、とコトクは思った。速くて、しかもあらゆる技巧を駆使する第三部には、情感的なものは入りにくい。それに対して、第二部のゆっくりした曲は、解釈がポイントになる。三部を聴き比べても、情感の点ではノーセが数段勝っていたから、ミスを差し引いてもむしろノーセに分がある演奏とも言えた。けれども、あまりに技巧を意識し過ぎたノーセには、そういう見方ができなかった。だから、ノーセの態度は敗者のそれであった。

それにしても、とコトクは思った。ステロは何というやつだろう。彼の言う通り、一度も弾いたことのない曲だったろうし、一通り点検した譜面も演奏中はろくに見なかったに違いない。

コトクは背筋に寒くなるものを感じていた。

5 評判

地元の新聞にステロのことが大きく掲載された。この新聞は、毎週日曜日に発行される四ページの週刊紙であった。内容は、ステロから直接取材したものではなく、団員たちから聞いた話をもとにしていた。

〝音楽の天才少年現る〟

ツーレ村のジュニア・オーケストラの団員である少年が、三つの楽器を見事に演奏することで評判になっている。

この少年は、ステロ君（十三歳）で、休みを利用して音楽の勉強をしようと隣国のオートスから熱心に通っているもの。

今、楽団の中ではオーボーを受け持っているが、その技巧は抜群のものを持っているということである。しかも、ふとしたことからバイオリンを弾いたところ、難曲とされているチゴイナーワイゼンを苦もなく演奏し、団員たちを驚かせた。

また、ファゴットの腕も相当なもので、技巧ではこの町に匹敵する者はいないだろうということである。

入団したころは、当地に慣れないこともあって無口だった彼も、このごろではすっかりみんなの中に溶け込んで、これからさらに音楽全般についての勉強を深めるんだと張り切っている。

指揮者のワカシーさんの話

「ステロ君がいつだれに師事して三つもの楽器を勉強したのか、それはまだ聞いていません。とにかく技巧的に完璧ですばらしいと言えます。けれども、音楽性ということになるとまだ幼さがあり、深まりに乏しいと言えます。彼の年齢から考えると、そういう欠点も無理はないのですが、これからは、音楽の持つ内面的なものを習得していくことが必要でしょう」

ステロのことをすでにうわさで聞いていた音楽に関心のある人々や、このツーレ・ジュニア・オーケストラにとりわけ理解を示していた村の人たちとマシツの町の人たちはもちろん、音楽に興味を持たない人たちまでがこの記事を熱心に読んだ。十年一日のような生活を営んでいるこの土地一帯の人々にとって、ステロの記事はかっこうの話題になった。

このアリタイ国は、音楽の天才と呼ばれるすぐれた音楽家を何人か産んではいたが、いずれも作曲家であるとか、ピアニストであるとか、あるいはバイオリニストであるとかいったように、一つのものに秀でた〝天才〟であった。ステロのように、二つ、あるいはそれ以上かもしれない種類の楽器に傑出した者はいなかった。だから、みんなはステロのような少年を産みだした隣国のオートスに羨望の目を向けたり、またステロが自分の国の人間であったらと残念がったりもした。

しかし、隣国にけげんな目を向ける者もいた。オートスも、アリタイに負けぬほど歴史に残る音楽家を輩出していたが、二つの大きな戦争後はこれといった音楽家を出していなかった。国は経済復興に懸命になっており、それ以上に大きく変革された政治体制の安定に力を注いでいた。人々の心も、戦争直後ほどではなかったが、今もなお生活の不安と体制への懐疑に悩まされていた。だから、音楽にまで手を回すゆとりはないはずであった。それが、まるで彗星のように、オートスから国境を越えてこのアリタイに音楽の天才が出没するようになったのだ。疑いを持たれても当然であった。

また、アリタイで有識者と呼ばれている人も、音楽に精通している人も、ステロという名前をこれまでどこからも聞いていなかった。隣国といってもこの地とステロの住んでいる所とはさして遠い距離ではない、ステロが歩いて練習に通えるほどだから、ゲートを通過してこちらへ何らかの情報が流れてきても不思議ではないのだ。

ステロのことが新聞に載ってから、練習を見物に来る者が増えた。これまでにも村の人々が散歩がてらちらほらとやって来たが、マシツの町からもわざわざ来るようになった。彼らは、コトクと並んでオーボーを吹いているステロに注目した。けれども、白いカッターシャツに紺のズボンといういでたちのステロに、格別の特徴を見出すことはできなかった。やや大柄で、どことなく表情が硬い点に外国人という印象を受けるほかはむしろ平凡に見えた。ステロの方は、そういった聴衆、観衆といった方が当たっているのだが、彼らには無関心であった。練習がすむと、見物人の多くは、ステロがひとりでオーボーの練習をするか、あるいはひょっとしてバイオリンでも持ち出して弾きだすのではないか、という期待で彼を見たが、いつもその期待は外された。ステロは練習がすむとそそくさとオーボーをケースにしまって闇の中に消えた。

七月の最後の日曜日の練習がすんだとき、この国でも一、二を争う大きな新聞社の記者が、ステロをインタビューにやって来た。ステロと仲良しで、しかもオーボーをいっしょに吹いているということで、コトクも同席を求められた。スタンドの前に椅子が四つ向かい合わせに並べられた。四つめは、記者と同行してきたカメラマンのものであった。白髪のちらほら見える記者は、自己紹介をするとステロとコトクに握手を求めた。ステロの手の出し方はもう自然であった。記者は、ステロの正面になるように腰をかけた。

「ステロさん、わたしたちは、あなたがすばらしい音楽的才能をお持ちになっているということを聞き、ぜひ記事にさせていただきたいと思ってやってまいりました。二、三質問させてください。よろしいでしょうか」

記者は丁寧なことばづかいをした。ステロは横目でコトクを見た。困った表情をしていた。星からやって来たということを話すつもりはないが、質問によってはつじつまが合わなくなる恐れがある。そのときは助けてくれと言っているように見えた。

コトクは小さくうなずいて見せた。あくまでオートス人で通せ、返答に困ったら助け舟を出す、という意味であった。それはステロに通じた。

「結構です。ぼくの分かることでしたら何でもお答えいたします」

ステロはもう落ち着いていた。四人のまわりには人垣ができていた。とっくに十時を過ぎているというのにだれも帰らない。

「まず最初にお尋ねしたいのは、何種類の楽器を演奏されるのかということなんです。わたしが聞き及んでいるところでは、オーボー、ファゴット、それにバイオリンの三種類ですが……」

「ええ、その通りです。他の楽器も一通りやりましたが、力を入れたのはその三つです」

コトクは、うまく逃げているなと思うと同時に、不安になった。事情を知らない記者にはそれでよい。しかし、ステロといっしょに練習してきた、今まわりを取り囲んで聞いている団員たちには通じないように思った。少なくともひとりやふたりはおかしいと思うだろう。オーボーはカーゴの頼みで吹いているのだし、ファゴットはたまたま休んだ者のかわりだ。バイオリンはノーセの挑戦を受けたものだ。力を入れて練習したものが、三つとも偶然に当たる確率はきわめて低い。少し頭を働かせればすぐに分かることだ。

記者は質問を続けた。

「何歳から練習を始められましたか?」

「二歳からです。物心ついたころにはもう楽器を手にしていました」

「早いですね。まあそうでしょう。三つもお上手だということは、よほど早期から才能教育を受けないとだめでしょうからね」

記者は、予期していた通りだというように大きくうなずいた。

「先生はどなたですか。おそらく有名な人でしょうね」

「いいえ、ぼくの父です」

「えっ、お父さんですって？　何とおっしゃるのですか？」

「特に名のあるような者ではありません。中学校で音楽の教師をしている平凡な人間です」

「ああ、でもやっぱり音楽の先生ですか。教育の専門家でいらっしゃる。それにしても、お父さんはあなたに期待をかけて、さぞ厳しい訓練をなさったのではないですか？」

聞き耳を立てている者たちには、このインタビューの間、自分ひとりが脚光を浴びているにもかかわらず、ステロは非常に平静に見えた。だが、この表面的な平静さの中からも、コトクにはステロの呻吟が伝わってくるのだ。コトクには何もかも話しているとはいえ、今は大勢の前で事実を偽って応答しなければならない。次第に人間らしい心を持ち始めたステロの苦しい心のうちが、コトクには痛いほど分かった。

「一日十五時間の練習をさせられました。普通はそんなに長い練習はしないでしょうね。でも、ぼくはそれを決して特別ではなく、当たり前のように感じていました。何しろ、父が決めたスケジュールに従って練習することが、他の人たちがやっていることと同じだと信じていましたから」

「一日十五時間の……。信じられないですね。わたしが知っている女性のバイオリニストも、食事と寝る時間以外は、いつもバイオリンを弾いていたというエピソードを持っていますが、本当に一流になるためには必要な時間でしょうね。でも、三つの楽器をマスターするためには十五時間でもまだ足りないでしょう。よほど合理的な練習方法をとっておられるのですか?」

ステロはちょっと考えるようなふうをした。

「いや、特別な練習方法というものはありません。ただ一生懸命やっているだけです」

ステロは前に、一日八時間の練習を短期間行ったと述べた。短期間とはどのくらいの期間かよく分からないが、彼の年齢から考えてもそんなに長いものではないだろう。

彼は相手を納得させるために、練習時間を倍近く誇張して言ったらしい。

記者は、記事にするためにもう少し具体的に聞き出したいようだったが、しつこく尋ねるのも失礼だと感じたのか話題を変えた。

「ところで、あなたの住んでおられる所はどの辺りですか」

他の音楽家に対する質問だったら、平凡でつまらないものであろうけれども、ステロには大きな意味を持つ質問となった。コトクは、自分自身が鋭い質問を受けたように心臓がドキッと鳴った。思わずステロを見た。ステロはコトクの方をちらっと見てから、あらかじめ用意していたように答えた。

「バオア村です。ゲートから歩いて十分ほどの所です」

彼は、国境を越えるとすぐ見えてくる村の一つの名を言った。ステロから説明されるまでもなく、記者はその村の位置を知っていた。そして彼も、あの村に音楽の天才と言われる少年がいるという話を聞いたことがあるかどうか、記憶をたどっているようであった。彼は、少し首をかしげた。コトクはこれ以上記者の深入りした質問がないことを祈った。

「ああ、あの美しい村ですか。小さな湖がありますね。そして冬には白鳥が舞い降りてくる……。ところで、ステロさん、バイオリンを一曲弾いてくださいませんか――」

ステロの腕を、自分の耳で確かめたいらしく礼儀正しく乞うた。記者は、音楽欄の記事を入社以来ずっと担当していたから耳は肥えていた。彼の書く寸評は、よく的を射ていた。

ステロは拒まなかった。今夜もバイオリンは用意していなかったから、インタビューを聞いていた団員から借りた。調弦をして身構えた。同行してきたカメラマンがあわててカメラを構えた。フラッシュがたかれた。

ステロは、この前と同じようにチゴイナーワイゼンの第三部を弾き始めた。強烈なリズムは、前に弾いたときよりも迫力があった。目は閉じられていた。一度弾いた曲を暗譜していることにコトクはもう驚かなかった。しかし、ステロが弾き進んでいくにつれて、コトクは別の驚きに打たれていた。それはステロが、前はただ正確にリズムをなぞっていたのと違って、今夜はジプシーの踊りのリズムに完全に乗っていたことだった。踊りの熱情が、バイオリンから、ステロの体から発散して、弦も弓も切れてしまいそうであった。たった一度の経験を次へ生かす——その能力に驚嘆したのだ。

フォルテッシモの和音で曲が終わると、記者もまわりで聞いていた団員たちもステロに大きな拍手を送った。ワカシーが彼の肩をたたいた。記者とカメラマンは、何度も礼を述べて帰っていった。後ろ姿に満足した様子が表れていた。

二日たった全国紙の朝刊に、ステロがバイオリンを構えている写真と、チゴイナーワイゼンのすばらしさを報じた記事が五段抜きで掲載された。

6 スパイ容疑

「コトク、練習は順調にいっているかね」

　夕食が半分ほど進んだころ、突然父のステファンが尋ねた。コトクはやれやれと思った。やがてステロのことが話題になるだろう。十日ほどの間に、この土地の新聞と中央の新聞とに二度もたて続けにステロのことが載ってから、コトクは彼といちばんの仲良しということで、人に会うごとにステロのことを聞かれる。練習の行きがけに道で会う人、野外活動の友だちや先輩、何度も彼らに返答しているうちに順序や内容がすっかり決まってしまった。

　コトクの父は、マシツ町の警察署長をしている。仕事が忙しく、家へ帰ってくるのが十時を過ぎることが少なくない。だから家族そろって食事するのも週に一、二度である。ステロのことが新聞に載ってから、今夜は初めての一家だんらんのひとときであった。

「ああ、課題曲の方はだいぶ仕上がっているよ」

「そうか、自由曲もあるんだって？　今年は何という曲かね」

「組曲『田園の詩《うた》』というんだ。指揮のワカシーさんの作曲なんだ」

「うーん、彼も最近めきめき腕を上げているということだね。お父さんは音楽の世界はよく分からないが、なんでもワカシー君は、年末には外国へ留学するために旅立つらしい。いや、これは、署内に彼の遠縁に当たる者がいてね、その人から聞いた話だ」

コトクは意外に思った。父が音楽、とりわけ自分たちのオーケストラに対してこんなに関心を持っているとは露ほども知らなかった。今までだって、オーケストラについては、お前はどんな楽器をやっているのだ、と一度聞いただけで、あとは仕事一本やりだったのだ。昨年の発表会のとき、母が、コトクも出演するのですから、と連れ出そうとしたが、おれは寝ているよと相手にしなかった。近隣に音楽好きな者がそろっている中では、無粋な存在であった。それが、今夜はうって変わった質問である。これは何かあるぞ、とコトクは身を固くした。

父は、いつものくせである、鼻の下に豊かにたくわえた口ひげを左手の親指と人差し指を使って小鼻までせり上げるしぐさをしながら、

「ところで、コトク、楽団にすばらしい新人が入ったそうだね。新聞で読んだよ」

と言った。

「そうらしいわね。コトクは、わたしたちにあまり話したがらないけど、わたしも新聞で読んで知っているわ。コトク、詳しく教えてちょうだい」

母は、大きな黒パンの端をちぎりながらコトクを見た。

「うん、わしも新聞で読んだ。確か二、三種類の楽器を巧みに演奏するとか。一度練習しているところを見たいものじゃ、ハハハ……」

祖父まで話に割り込んできた。しまいの笑いは、自分がコトクの父と同じように音楽についてはとんと知識のないことを、みんながよく知っているための照れ笑いであった。

「ねえ、にいさん、どんな人？」

妹のナタリも負けずに加わった。ナタリは、兄に似て音楽が好きであった。好奇心

とあこがれに満ちた瞳を輝かせながら尋ねた。

コトクは、家じゅうの者がステロにこんなに興味を持っているのに、ただ黙っているわけにはいかなかった。他の者へはあいまいに答えていてもそれですむかもしれないが、父が承知しそうになかった。父は、ただの興味以上の職業的な関心を持って尋ねているように思われた。

「ステロのことだね。彼は立派だよ。オケではオーボーを吹いてるけど確かにうまいね。今まで一度だって音を飛ばしたことがないんだ。指揮のワカシーさんは、彼はまだ音楽性に欠けるところがある、と言っているけど、近ごろの彼は、そういう欠点も克服しつつあると言っていいね。ぼくも彼のそばで吹いているけど、いつも教えられるんだ。今では彼が目標なんだ」

コトクはステロを礼賛した。その礼賛はコトクの正直な気持ちを表していた。

「お前と同じようにオーボーを吹いていることは知っていたけど、バイオリンの方はどうなの？　新聞ではこれもすばらしいと書いてあったけど」

母が聞いた。

「これもうまいんだ。コンマスのノーセさんとこの前弾き比べをしてね、ほら、チゴイナーワイゼンという曲があるだろう、あのむずかしい曲さ。どちらも上手だったけど、正確さではステロに軍配が上がったね」

コトクは何気なく半月ばかり前の出来事を話した。そのとき、父の目がきらりと光った。しかし、それもすぐ消えて、左手のコーヒーカップを口に持っていった。コトクがステロはオートスからやって来ていること、自分より二歳年下だが、背が高くハンサムであることなどを話している間、父は何か考えているふうだった。そしてまた尋ねた。

「コトク、話がもとにもどるけれど、どうしてバイオリンの弾き比べなどしたのかね？」

「いや、ノーセさんがしつこいんだ。少しぐらいなら弾けるとステロが言ったものだから、それを理由に無理を言ったんだ。ノーセさんは、自分の専門の楽器だからよもや負けることはないだろう、ステロを少し困らせてやろうと考えたのかもしれない。ステロはちっとも気が進まないようだったけど、あまり何度も言われるものだからとうとう根負けして……」

コトクは、ステロが謙虚な少年であることを強調したつもりだったが、父は額のしわを太くして、いっそう考え深げな顔つきになった。そして、巻きたばこに火をつけた。

父、ステファンは、今日の出来事を思い浮かべていたのだ。


署長室のドアが開いて、部下のフランクが入ってきた。外まわりの仕事を先にすませ、いつもより一時間ほど遅く出勤したステファンは、今朝の新聞を読んでいた。

「署長、三十分ほど前、変な電話がかかってきました。ツーレ・ジュニア・オーケストラのステロという少年は、オートス国のスパイではないかという電話なんです」

「ステロ……。二日前だったかな、新聞に出ていた――」

「ええ、そうです。わたしも記事を読みましたから知っていました。それで相手に確かめたのですが、やはりその少年だと言うのです」

「相手というが、その電話の主はだれかね?」

「それがよく分からないんです。名前を聞いたのですが言わないのです。電話の状態が悪くて、年のころもつかめませんでした。しかし、きちんとしたアリタイ語で、話しぶりはしっかりしていました」

フランクは、電話の男の声に波のような強弱があって、まるで地球の裏側から聞こえてくるような感じがしたことを思い出していた。しかし、そのことはたいしたこととは考えなかったので黙っていた。

「なんにしても無責任な電話だな。それで、何かスパイだという根拠を話したかね？」

彼は巻きたばこに火をつけた。青い煙がゆっくりと立ち上った。

「いいえ、それを聞こうと思ったら、向こうが勝手に電話を切ってしまいました。終わりに、またかけます、今度は署長さんと話がしたいと言っておりましたが……」

「ほほう、わたしとね。これは今日の楽しみができたというものだ。ハッハッハッハ」

困難な事件や、重要な話題が持ち上がったときほど、ことさらに愉快がるステファンのいつものくせが出た。それからソファーに座ると、巻きたばこをゆらゆらくゆらせながら、ステロという少年がオートスのスパイであるという可能性を考えた。

確かに、マシツ町とミウジュ町の中間、つまりツーレ村からほど遠くない所に、軍事基地がある。この基地は、小規模ながらアリタイ国の軍備の中枢をなしている。東と南の国境に隣接している点からいっても、防御と攻撃の拠点になっているのだ。スパイするとすれば絶好の場所だ。

しかし、と彼は考える。あんな子どもに危険なスパイなどさせるだろうか、それにそれだけの能力を持っているだろうか。

しかし、ともう一度彼は考える。一般にそういうふうに考えられているからこそ、ステロをスパイに仕立てたのではないだろうか、巧妙に意外性をねらったのではないだろうか、と。

今、ステロについて分かっていることは、隣国のオートスから来ている十三歳の少年だということ、楽器に天才的才能を持っていること、それに関連した記事が、地方紙と全国紙に大きく掲載され有名になったことだ。

ステロが有名になるということは、もしステロがスパイであれば本人にとってもオートスにとっても具合が悪いことだ。その具合の悪くなった原因を普通は取り除き隠そうとするものだ。つまり、自分の異常なまでの才能を他人にひけらかすのはできるだけ避けよう、控えようとするだろう。そのあたりの実際の行動はどうなのか？また、オートス国としたらどうだろう。今日の電話のように隠すどころかステロはスパイだとわざわざ言ってくるだろうか？　それでは、電話の主はアリタイ国の人間で、ステロに恨みとか妬みを持っている者か？　ますます分からない。ステファンは迷路にはまり込んだ気持ちになった。こうなったら、ステロのことをいちばんよく知っているコトクにひとまず聞いてみるより方法がない、と結論づけた。

彼はそこまで考えてフランクに言った。

「この電話のことは、当分だれにも話さないでくれたまえ。ふたりだけのことにしてほしい。少しわたしに考えるところがあるから」

フランクは一礼して署長室を出た。

フランクの言った通り、午後を少し過ぎてまた電話がかかってきた。電話を署長室に切り替えてもらったステファンは、受話器を取った。フランクは彼のそばの椅子に腰かけた。

「もしもし、電話を替わりました。署長のステファンです。あなたはどなたでしょうか。名前をおっしゃってください」

彼は丁寧に尋ねた。電話の主は、署長ということばを聞いて安堵の気配を示した。

「名乗るほどの者ではありません。また、お聞きになっても、おそらく無駄でしょう。ただ、ツーレ・ジュニア・オーケストラに、ほんの少しだけ関係がある者です。今朝も言いましたが、ステロを、そうです、新聞に載った少年です、彼を一度調べてみる価値があると思います」

朝方フランクが言ったように、電話の交信状態が悪かった。ステファンには、相手の声が深い深い地の底から流れてきているように思われた。部下のフランクが言った「電話の状態が悪い」というのはこのことかなと思った。そして、やはり若者なのか、老人なのか判然としなかった。

「つまり、彼は、オートス国のスパイだと……」

「いいえ、そういう国ではありません。それからスパイはスパイでも人の心を……」

電話の主は、飛躍した訳の分からぬことを言った。

「人の心？　人をたぶらかすにも程《ほど》というものがあります。でたらめな通報は困ります。こちらは忙しいのです……」

「とにかく一度、彼のことを調べた方がいいと思います。では、これで――」

「あ、もしもし、もしもし――」

電話が切れた。ステファンは、電話の内容をフランクに話した。そして、この通報の処理をどうするか、ふたりは相談を始めた。

「署長、ステロの身元をまず調べてみましょう。パスポートは完全だと思いますが、一応それを調べて、それからそこに記入された住所に、実際に住んでいるかどうか確認する必要があると思います」

「うん、まあそういうところだろうね。パスポートの方は君が調べてくれたまえ。身元の方はわたしが当たってみる。古い友人があの辺りにいるので、極秘に調べられるからね」

フランクは、ステロの通っているゲートへすぐ自動車で向かった。

ほどなく彼は帰署した。そして署長に、ステロのパスポートは完全であり、特に怪しい点はないことを報告した。あとは、ステファンが身元を調査する仕事を残すのみとなった。

「うむ、そうか、気は進まなかったがステロ君は受けたんだな……。コトク、彼に会いたいね。わたしも彼のようなスーパースター君と話がしてみたい。ハハハ……」

我に返ったのか、間が抜けたように父が言った。巻きたばこの先が二センチほど灰になっていた。父は、家族の者みんなに笑われた。しかし、そういうおかしな父を見ても、コトクだけは笑う気になれなかった。

7 取り調べ

無責任な電話の通報は、いつもなら無視するところだったが、それが新聞にまで載った天才少年に関することでもあったから、放っておくわけにもいかなかった。ステファンは、オートスのバオア村の近くに住んでいる古い友人に、極秘で調査を依頼する手紙を書いた。

また、一方彼は、ステロについて情報を集め始めた。署内外の同僚や知人、だれに尋ねても、オートスに、それもアリタイから目と鼻の先の村に、新聞に出たような少年がいるという話は聞いたことがないと言った。

しかも、あちらこちらと聞いているうちに不可解な情報を入手した。それは、先日記事を載せた新聞社に、オートスのこれも大きな新聞社から、あの記事は事実か、という問い合わせがあったというのだ。

ステロのスパイ容疑とどう関連するのか、ステファンにはよく分からなかったが、とにかく、新聞社が動き出さないうちにこちらが早く手を打つ必要があると思われた。彼はいらいらしながら返事の手紙がくるのを待ち受けた。

一週間して、ようやく国境を越えた速達が届いた。該当の住所に、ステロという少年は住んでいないということ、また父親らしい音楽教師もいないことが書かれていた。ステファンは、友人の労に感謝しながら、これはいよいよ本気で調べねばなるまいと腹をくくったが、ひとまずフランクには黙っていた。

音楽の勉強に来ているというわずか十三歳の少年が、スパイだという可能性は常識的にはきわめて小さい。けれども、新聞記事やコトクの話による異常なまでの音楽の才能はいいとしても、あの電話といい、住所がつきとめられないことといい、どうも謎めいていて怪しい。ひょっとしたら、という思いがステファンの心をよぎる。また一方では、いやいや、自分が考えていることはすべて杞憂で、ステロのことをもう少し調べたら、なあんだということになるのではないかと考える。いや、しかし、……。彼は、どこまでも尽きない考えをたどりながら、署長室をクマのように何度も丸く歩いた。歩きながら、次のオケの練習日、土曜日の作戦をあれこれ練った。

八月の第一土曜日の夜であった。

練習が長びいてやっと終わったとき、父のステファンがコトクに近づいてきた。練習が終わるのを待ち構えていたような現れ方であった。父は私服に着替えていた。この前の夕食のとき、一度オーケストラへ足を運ぶようなことを冗談まじりに言っていたが、こんなに早く来るとはコトクも予想していなかった。やはりステロが目的だな、とコトクは直感した。

他の団員たちは、コトクの父が警察署長であることをよく知っているせいか、横目でじろじろ見ながら、何事だろうというそぶりを見せた。

父は、ステロを呼んでくれとコトクに言った。コトクはステロを連れて、土手で待っていた父の前に立った。父は自己紹介をし、コトクがいつも世話になっていると礼を述べて、一息入れた。そして、「さぞ」と続けた。

「練習でお疲れでしょう。おしまいの方をずっと見ていましたが、なかなか厳しいものですね。しかし、音楽というものは、レコードで聴くより生の方がずっと迫力がありますね。おかげで、久しぶりに耳の保養ができました」

父は、柔和な笑顔を作りながら、どこかで聞いたようなことを言った。

「ところで。ステロ君、コトクといっしょにわたしの車に乗りませんか。少しばかりあなたにお尋ねしたいことがありますのでね」

十三歳の少年に対することばとしては非常に丁寧であった。その丁寧さの中に、有無を言わせぬ強引さがあった。ステロは素直に車の中に入った。それは、まるでこうなることを予期していたと思われるほどであった。

コトクは自分の不幸を悲しんだ。告白を聞いて以来、心の通う友となったステロを自分の父が取り調べる、偶然とはいえ、皮肉な運命が呪われた。

車の中でコトクは一言も口をきかなかった。けれども頭の中は、ステロはどう返答するのだろうかということばかりであった。父が、どこまでステロの秘密を知っており、どういう尋問をするのかがはっきりしていないことが、余計に不安をつのらせた。

父は、よくしゃべった。コトクがいつもオーボーを教えてもらってありがたいと言ったり、新聞記事を持ち出して、ステロの才能をほめたり、はては、今後もコトクと仲よくしていただきたいなどと言った。後部座席にいるコトクの目には、父の背中が何とも空々しいものに映った。

父は署へ車を乗りつけた。署の窓から明かりがまだ四つ五つと見えた。二階の署長室へ三人は入った。部屋の中央に大きなソファーが置かれてあり、腰まで埋まりそうになりながらコトクとステロは腰かけた。

そこへ部下のフランクが入ってきた。コトクは以前二度ほどこの署へ来たことがあったので、彼に軽く会釈をした。父はコーヒーを持ってくるように頼んだ。再びドアが開くと、フランクが入ってきて持ってきたコーヒーを三人の前へ並べた。彼はステロをじろっと見るとすぐに出ていった。

「コーヒーをどうぞ」

父が勧めた。ステロは返事はしたが手をつけようとしなかった。コトクも練習の後ののどのかわきを覚えていたが、なぜか気が進まなかった。

父はふたりが飲まないのを見て話を切り出した。

「ステロ君、パスポートを見せていただけませんか」

ステロは、オーボーのケースのふたを開けると、中からパスポートを取り出し、父に渡した。父は、表紙、ビザ（査証）の印などを目で追っていたが、大きく一つうなずくとステロに返した。

「ああ、結構です。ところで、あなたはそのパスポートに記入してある現住所、つまりバオア村ですね、そこに本当に住んでおられますか？」

父は、ステロをまっすぐに見て尋ねた。ことばの調子といい、眼の鋭さといい、それは、父ではなく警察署長そのものだった。コトクはとうとう来るべきものが来たことを悟った。父が、ステロに疑いを持つようになった経緯は分からなかったが、何らかの方法で現住所にいないことをつきとめたのだろう。ステロは、コトクに絶対にしゃべるな、秘密にしておいてくれと頼んだ。コトクは固く誓ってそれを守った。それにもかかわらず、今こうしてステロの正体に疑いが持たれ、まるで、コトクが父に告げ口をしたとしかとれないような事態になってきた。コトクは、いたたまれない気持ちになった。

「いいえ、そこには住んでいません。ぼくは地球の人間ではありません。ケンタウロス座の一惑星の人間です」

ステロは、はっきりと言った。重大な告白であるのに、興奮もよどみもなかった。父は一瞬目を見開いた。オートス人でないばかりか、地球外の人間だというステロのことばに、自分はからかわれている、いい年をしたおとなが子どもにあしらわれていると感じたらしかった。顔に怒りの色が表れた。ステロの平然とした態度にさらに怒りがつのったのか、口をもぐもぐさせて、今にも爆発しそうになった。

「お父さん、信じてあげてください。お父さんには、ステロの言うことが荒唐無稽なことのように思われるかもしれませんが、ぼくは信じているのです。ステロとつき合ってもう二月《ふたつき》以上になります。ステロと話をすればするほど真実だということが分かるのです。証拠？　証拠はあります。ステロは地球人ではとうてい持ち得ないような能力を持っています。どんな楽器でもテクニックは抜群です。新聞では三つの楽器が演奏できるとありましたが、そうではないのです。すべての楽器です。ぼくは知っています。知っているのはぼくだけです……」

コトクはしまいには何を言っているのか分からなくなった。ステロが話してしまった以上、何とかして父に信じてほしかった。頬を涙が一筋二筋と伝って流れた。

「お前、聞いていたのか……」

父は、コトクがステロから何も聞いていないように思っていたらしかった。父の顔から怒りの色が少し薄れた。そして、改めてステロの顔をしげしげと眺めた。ステロは、この土地の空気にすっかり慣れて、どこから見てもオートス人であった。いや、アリタイ人だといってもおかしくなかった。最初のころの動作のぎこちなさ、異様な雰囲気はすっかり姿を消していた。大げさに言えば、地球人の態度が身についたといえた。ただ、知能が高いせいか、年齢よりもおとなびて見えた。

「うーん、信じがたい話だ。コトク、お前はもう長くつき合っているから、ステロ君がどんな人間かということや、その身の上を肌で感じ取って信じているかもしれない。しかし、考えてごらん。お父さんは今日初めて会ったのだぞ。お前がいくら涙を流していても、そんな話をにわかには信じられない。それに、こうやってステロ君を見ていても、とても惑星から来た人間には見えない。オートス人そのものだ。お父さんが信じるためには、信じられるだけの何か証拠が欲しい――。まあ、それはそれとして、ステロ君、君のその星のことについて、もう少し詳しく話してくれませんか」

父は、不信の色を隠そうとしなかったが、平静さはとりもどしていた。ステロは、以前コトクに話したことをもう一度詳しく話しだした。地球訪問の目的、星の歴史や生活、芸術について、さらにオサのことなど――。その中に新しいことが二つあった。一つはパスポートが巧みに作られた偽物であること、もう一つは、国境の東側の森の中に、もちろん人目に触れないように円盤が隠されていて、ステロはそこから歩いてきているということであった。父は、うん、うんとうなずいていた。そして、話を聞いている間も、頭の中ではその可能性の有無をすばやく考えているふうであった。ステロの話が一通りすんだ。

「なるほど……。聞けば聞くほど話としてはうまくできている。しかしねえ、君、コトクはまだ子どもなんだからすぐに信じただろうが、わたしはそうはいかない。いや、わたしの職業がそうさせるのではない。わたしを含めて、このアリタイの常識あるお

郵 便 は が き

料金受取人払郵便

新宿局承認

2524

差出有効期間
2025年3月
31日まで
（切手不要）

160-8791

141

東京都新宿区新宿1－10－1

（株）文芸社

愛読者カード係 行

お名前《ふりがな》		明治 大正 昭和 平成 年生 歳
ご住所《ふりがな》	□□□-□□□□	性別 男・女
お電話番号	（書籍ご注文の際に必要です）	ご職業
E-mail		
ご購読雑誌（複数可）		ご購読新聞 新聞

最近読んでおもしろかった本や今後、とりあげてほしいテーマをお教えください。

ご自分の研究成果や経験、お考え等を出版してみたいというお気持ちはありますか。

ある　　ない　　内容・テーマ（　　　　　　　　　　）

現在完成した作品をお持ちですか。

ある　　ない　　ジャンル・原稿量（　　　　　　　　　　）

書　名				
お買上 書　店	都道 府県	市区 郡	書店名	書店
			ご購入日	年　月　日

本書をどこでお知りになりましたか?

1.書店店頭　2.知人にすすめられて　3.インターネット(サイト名　　　　)

4.DMハガキ　5.広告、記事を見て(新聞、雑誌名　　　　)

上の質問に関連して、ご購入の決め手となったのは?

1.タイトル　2.著者　3.内容　4.カバーデザイン　5.帯

その他ご自由にお書きください。

(　　　　　　　　　　)

本書についてのご意見、ご感想をお聞かせください。

①内容について

②カバー、タイトル、帯について

弊社Webサイトからもご意見、ご感想をお寄せいただけます。

ご協力ありがとうございました。

※お寄せいただいたご意見、ご感想は新聞広告等で匿名にて使わせていただくことがあります。

※お客様の個人情報は、小社からの連絡のみに使用します。社外に提供することは一切ありません。

■書籍のご注文は、お近くの書店または、ブックサービス(0120-29-9625)、セブンネットショッピング(http://7net.omni7.jp/)にお申し込み下さい。

となならみんなそうだろう」

　ステファンは、ステロの顔をのぞき込むようにして言った。それから、視線を息子の目に移した。お前は本当はどうなんだ、心の底からステロの言っていることを信じているのかと問いかけている目であった。コトクは信じているということを必死に目で訴えた。

「ステロ君、わたしは正直に話そう。わたしがいちばん心配しているのは、君が星人であるかどうかということではない、君がオートス国のスパイであるかどうかということなのだ。最近、君のことを調べた方がよいという匿名の電話があった……」

「ステロがスパイだなんて……。それはあんまりだよ。父さんは、そういう電話をすぐ信じるの？」

　コトクは横から口を出して反撃に出た。このときほど父親が頑固で分からず屋だと思ったことはなかった。

「いや、その電話も、だれが、どこから何の目的でかけてきたのかはっきりしていない。父さんも、やすやすと何でも真に受けているわけではないんだが、立場上、一応調べておかなければならないのだ」

ステファンは、少し気がとがめたのか、おしまいの方は言い訳がましくなった。

ステロは、じっと考え込んだ様子で聞いていたが、ゆっくり口を開いた。

「スパイ……、ああ、スパイですね。スパイというのは、確か地球語辞典には、敵の情報を探り出して味方に知らせる人間、と出ていたはずです。そうすると、ぼくは本当にスパイかもしれません。〝愛〟というものを星へ持って帰ろうと、はるばる宇宙のかなたから飛んできたスパイかもしれません。でも一つだけ違うことは、ぼくにとってアリタイ国は決して敵ではないということです」

ステファンは、一瞬心臓が止まったような気がした。一方では、まるで厳しく取り調べてきた容疑者が逆手をとって無実を証明したときのような衝撃を受けていたし、またもう一方では、少年らしい率直で純粋なステロの態度に思わず感動を覚えたのであった。彼は改めてステロの顔を注視した。そこには、ステファンをじっと見つめている一点の曇りもない二つの青い眼があった。彼は、このとき初めてステロを信じる気になった。

「よろしい。ステロ君、わたしは君を信じよう！」

ステファンは、自分自身を納得させるように強い調子で言った。

「ところで、今後のことだがね。というのは、地球にはいろんな人間がいてね、先ほど話した電話ではないが、君のことをどうのこうのと言い出さないとも限らない。そうなると、君はこの土地で続けて勉強できなくなる恐れがある。ひどい騒ぎが起こって星へ帰らなくてはならなくなる事態も予測されるのだ。わたしは君の今の話を聞いて、もしそうなったらたいへん残念なことだと思う。そこで物は相談だが、後のことはわたしが責任を持つから、このアリタイ国へ留学することにしてはどうかね。そして、わたしの家族といっしょに暮らせばうるさい連中の口封じにもなる。最近、短期の、三か月が限度だが、ビザなしで滞在できる制度ができたからね、形式上もおかしい点はない。本気で考えてくれたまえ」

話しながらも、ステファンは、なおも目の前の少年がスパイである可能性の有無を考えていた。そして、喜ぶべきことに、その可能性はほとんどないという結論に達していた。その理由の一つは、自分がちょっと問い合わせて調べただけで、ステロがバオア村に住んでいないということがはっきりしたということである。本当にオートスのスパイであれば、敵国に簡単に不審を抱かせるようなことをするだろうか。二つめは、オートスの有力な新聞社からこちらの新聞社にステロの記事に関して問い合わせがあったという件である。〝オートス出身の天才少年〟と聞いて、とりあえず問い合わせをしたとしても、その後、それが自国のスパイであると知ったら、何かもみ消しの工作をするか、少なくとも問い合わせを取り消してくるはずだと思い、しばらく待ってみたのだが、そのような気配は見られなかったのである。

コトクは喜んだ。ステロが警察署長である父といっしょに暮らすことになれば、彼の信用は確保されるし、心おきなく音楽に打ち込める。それに、地球の生活というものを、朝から晩までつぶさに体験できる。ステロにとっては、願ってもない提案ではないだろうか。コトクはステロがその提案を受け入れることを望んだ。

「本当にありがとうございます。署長さんさえよかったら、お願いします」

これで決まった。ステロは、当分の間コトクと家族同様の人間になるのだ。コトクは浮き浮きした気持ちになった。

ステロは、一応円盤にもどってオサに報告し、許可を得る義務があるから、明日の日曜日の夜、練習がすんでからコトクといっしょに行きたいと言った。三人の話し合いがすんだ。コトクは心なしか上気していた。ふたりだけの秘密を、ステロの方から父に打ち明けたのも、警察署長というおっかない人間だからという理由だけではなさそうだった。コトクの父だということが大きく影響しているらしかった。こんな都合のいい想像をするほどコトクの心ははずんでいた。いつのまにか姿を消していた父が、トランペットと楽譜を手にして現れた。そしてステロに言った。

「わたしを笑わないでくれたまえ。念には念を入れということもある。この楽譜を一通り見たら、その曲を吹いてくれませんか」

父は、ステロに楽譜を渡しながら言った。ステロは、父からまだ疑われていることにいやな顔も見せないで、楽譜に目を通すと父に返した。それから、トランペットを手にするとりゅうりょうと吹きだした。有名な行進曲であった。軽やかなリズムに「警察音楽隊」とトランペットに書かれた黒い文字が上下に踊った。時ならぬトランペットの音にドアが開いた。フランクがあっけにとられた表情でドアの所で立ち止まった。

その後ろから、二つ三つと顔がのぞいた。見事な曲が終わった。

「うまい、うまい、さすがは天才少年だ。将来は、わが署の音楽隊長になってもらうかな」

そう言って、父は口ひげを左手でなでた。

「やあ、フランク君、彼は立派だよ。今聞いてもらった通りだ。音楽の好きなやつに悪い人間はおらん。ところで、ステロ君は、明日からわしの家へおることになったよ。いやあ、彼を説得するのに骨が折れたぞ、ハハハ……」

父は、ドアの方に向かって、急にぞんざいな口のきき方をした。そして豪快に笑った。

コトクは、思い出したようにコーヒーカップを手にした。それから口にしてみたが、コーヒーはもうすっかり冷めていた。ステロのは、飲まれないままテーブルの上に置かれていた。

8 新しい家族

次の日、練習がすむと、ステロはコトクと同じ方角に道をとった。右手にオーボーのケース、左手に今夜は小さいトランクを下げていた。ふたりは、コトクの照らす懐中電燈の丸い光を追って歩いた。コトクは今夜からステロと寝起きすることを想像して自然に足どりが軽くなった。ほどなく家に着いた。

玄関で家族みんなが待っていた。ステロのことは、コトクや父が話していたし、新聞でも読んでいたから旧知のような出迎え方であった。けれども、あのことだけは知らなかった。コトクと父を除いて、みんなステロはオートス人だと信じていた。

ステロは早速食堂に通された。遅い夕食を兼ねた歓迎会が開かれるのだ。父は、ステロの知らない三人の家族をひとりひとり紹介した。

「これが、うちの母さんだ」

自分の妻を、日ごろ言い慣れたことばで紹介した。父は陽気であった。顔が少し赤いところを見れば、ウイスキーを一杯ひっかけているのかもしれなかった。

「こっちのちっちゃいのが娘のナタリ。来月から中学生になる予定だ」

そう言ってひとりで楽しげに笑った。ナタリはにこにこしておじぎをした。

「こちらはわたしの父だ。七十七歳。八十が近くなってもこんなに元気だ。うちの主たる食糧供給者でね」

祖父は握手を求めた。ステロは、祖父の顔の深いしわと、腕のあちこちにできたしみ、それに土をいじってきた象皮のような手の皮に驚いた表情をした。地球では七十七歳でこんなに老人になるのか、それにこの手の皮はどうだ、どうやったらこんな手になるのか、と、不思議でならないらしかった。

「やあ、ステロ君、よく来てくださった。うちの者はみんなのんき気者での、気の置けないやつばっかりじゃから、まあ何でも遠慮せずに言ってくだされ。わしも畑仕事が忙しいときは、コトクといっしょにあんたにも手伝うてもらおうと思っとるんじゃ。ハハハ」

「まあ、おじいさんたら……」

母がたしなめた。けれども、祖父が畑仕事と言ったとき、ステロの目は一瞬輝いた。

みんなは、母の手料理の並んでいる食卓に着いた。いつもよりずっと上等なものがこしらえてあったし、十時を過ぎた食事は五人の食欲をそそった。ひとりステロだけは、なぜかナイフもフォークも手にしなかった。コトクは食生活が地球と違うのではと想像した。父も同じことを考えたらしかった。

「ステロ君は疲れとるんじゃ。無理もない。練習が相当きつそうだからな。それに、他人の家へ来ればどうしても気疲れというものもある」

父はステロをかばった。そのことばで、ステロはコップの水を一口飲んだ。それから、スプーンでコーンスープをすくった。そして、まるで毒味でもするかのようにおずおずと口にした。

「おいしいですね」と彼は言った。

「でも、今晩はこれぐらいにしておきます」

そう言って、スプーンを置くと、彼はみんなの食べている間、料理やくだものを物珍しげに眺めていた。ステロがちっとも食べないことで、歓迎の宴ははずまなかった。みんな口数が少なかった。

食事がすむと、コトクはステロを風呂に誘った。ステロは、浴室に入るなり、初めて見たとか、案外悪くないものだとか言って珍しがった。そして、狭い湯ぶねに体を縮めるようにしてコトクといっしょにつかりながら、何度も湯を飛ばせてはしきりに面白がった。

事情を知らない三人は、ステロの行動にやはり奇異なものを感じたらしかった。コトクと父にそれとなく質問をしたが、ふたりはいい加減な返事でごまかした。実際のところ、ふたりとも星の生活がいったいどんなものかを詳細に知らなかったから、ステロの行動で想像したり判断したりするしかなかった。ステロをうまくかばうことが、当分の任務となりそうであった。

一夜が明けた。

七時半の朝食になってもステロは起きてこなかった。ステロの寝室は二階で、コトクと隣り合わせだったが、コトリとも音がしなかった。心配した母が、ナタリを起こしに行かせた。すぐにステロはナタリといっしょににこにこしながら階段を下りてきた。

「すみません、つい寝過ごしてしまいました。朝食の時間はコトクさんから聞いていたのですが……。おや、あれは太陽ですね?」

彼は窓の外を見て、びっくりしたように言った。ステロの驚きは、巧まざるユーモアとなった。みんなは笑った。地下で生活している彼を知っている者も、知らない者も声を合わせて笑った。ステロが来てから初めてほっとしたような空気が漂った。

ステロは、朝食のスープを一杯全部飲んだ。それから水も忘れずに飲んだ。母は、昨夜より食事の進んだことを喜んだが、それにしても小食だとこぼした。母は、自分の焼いた黒パンが気に入らないのだろうか、料理の味付けに工夫が足らないのだろうか、とコトクにしつこく聞いた。コトクは、まだよく慣れていないのですよ、今にきっと食べるようになります、とあてもない返事をした。

ステロは、朝食の後コトクを二階の自分の寝室に呼んだ。

「申し訳ない。食事のことなんですが、あなたにお話ししておきたいことがあるのです」

　そう言いながら、彼は自分の持ってきたトランクを開けた。そして赤い袋を取り出すと、中から小指の先ほどの半透明なカプセルを一つつまみ出した。

「実は、これがぼくの食糧なのです。星では人体と食物のあらゆる研究を総合して、科学的にこのカプセルを作ったのです。カロリーも栄養も、これ一粒で一日は大丈夫です。水は適当に補給しなければいけませんが……」

　コトクはカプセルを手にしてみた。思いのほか重く感じた。

「ぼくは、地球の生活をすべて経験して帰りたいのです。ですから、食事もあなたたちと同じ物をとりたいと思っています。けれども一週間ほど待ってください。地球の食生活は、ぼくの胃腸にはしばらくなじみません」

　ステロは、星の食生活を披露した後、

「でも、スープはおいしいですね。世の中にこんなにおいしい物があるとは夢にも思いませんでした。無機物ばかりとってきたぼくには想像できないことでした。肉とか、くだものとかいったものもおいしいのでしょうね。早く食べたくてうずうずしているのですが、流動食のようなものから始めないことには、ぼくの体がまいってしまいます」

と、小声で虫垂炎の手術をした患者のようなことを言った。彼は続けた。

「今朝はびっくりしました。目が覚めると、人の顔がぼくをのぞき込んでいるのです。思わず大声を出しそうになりましたが、ナタリさんと分かって安心しました。ぼくはいつだって自然に目覚めるのです。もっとも、起きなければならない時刻になると、鼻をくすぐる独特のにおいが工場で作られた新しい空気といっしょに寝室の中に吹き込まれてくるのですが……。でも、人の刺激で起きるというのも悪くないですね。なんというか、こう胸の辺りが温かくなって、思わず笑い出さずにはいられない気持ちになりました。これはどういうものがそうさせるのでしょうか？」

「さあ、よく分からないけれど、しいて言えば家族の思いやりとでもいうものだろうか」

「家族の思いやり……。コトクさんは、いつも家族の思いやりの中で生活しているのですね」

「ええ、まあ。ときにはけんかもしますよ。妹とはしょっちゅうです」

「面白いではありませんか。ぼくにはけんかの相手もいませんし、そんな気持ちにもなれません。コトクさん、ぼくと一度けんかをしてくれませんか」

「ハハハ、ハハハハ」

「ハハハ、ハハハハ」

ステロが言っていたように、彼の食事の量は日がたつごとに増していった。一週間過ぎたころには、食卓にのった物は何でも食べるまでになっていた。彼は、どの食べ物もそれぞれ違った味がすると言っては次から次へと手を伸ばした。

母は、ステロは少し変わったところがあるけれども少年らしくて好感が持てる、と最初のころのとまどいを忘れてしまったようであった。妹のナタリは、自分と一つしか違わない彼を、ステロ兄ちゃんと言っては、後をつけまわった。

ステロは、祖父の冗談を真に受けたのか、野菜の取り入れや花の種まきに土まみれになって精を出した。こういう労働に彼は特に興味を示した。興味以上の研究的な態度さえ示した。

自給自足の習慣が残っている祖父は、ライ麦のわらで農作業の帽子も編む。祖父の編んだ帽子は丈夫で長持ちすると言って、近所からも注文が絶えなかった。だから、祖父は夜になるとわらをいじっていた。ステロはそれも面白がった。巧みに指が動いて、見る見るうちに広い縁のついた帽子ができあがるのを、彼は手品でも見ているように眺めた。眺めているだけでは足りず、彼は祖父にところどころ教えてもらって、何ともいえない珍妙なかっこうの帽子を作った。そして、それを頭に載せてみんなを笑わせた。ナタリは、その帽子をステロハットと名づけた。

ステロは自転車のけいこを始めた。今どき自転車に乗れない中学生がいたのか、オートスには自転車が普及していないのかなどと、母や祖父はいぶかったが、いや、彼は特別で、今まで勉強ばかりで忙しかったから練習する暇がなかったのさ、とコトクは答えておいた。ステロは、楽器の運動神経と、自転車の運動神経とは違うんですね、と言いながらも、三日もすると、なんとか後ろを押さえてやらなくてもうまくバランスをとって乗れるようになった。

また、彼はコトクに教えてもらったチェスも始めた。コトクに駒の動かし方を教えてもらうと、たちまち上達したが、万能に見えても勝負の世界に無縁なステロは、自称名人というコトクにはいくらやっても勝てなかった。妹のナタリが、いつもふたりのそばで観戦して、彼が負けるたびに悔しがった。夜になると、彼は寝室でコトクの蔵書を片っぱしから引っぱりだして読んでいた。

9 猛練習

半月余りでやってくる発表会のため、特別練習計画が組まれた。休憩のとき、コピーされた計画表が団員のひとりひとりにカーゴから手渡された。

特別練習計画

八月十三日（土）課題曲パート練習〝第一主題のテンポに乗るべし〟
八月十四日（日）同右
八月十六日（火）自由曲パート練習〝一音たりともおろそかにすべからず〟
八月十七日（水）同右
八月二十日（土）課題曲パート練習
〝己の音を誇示すべし、華やかさを心がけよ〟

八月二十一日（日）同右
八月二十四日（水）自由曲全体練習〝曲想の表現に努めるべし〟
八月二十五日（木）同右
八月二十六日（金）両曲総合練習〝本番のつもりで取り組むべし〟
八月二十七日（土）同右
八月二十八日（日）本番（発表会）〝練習のつもりで演奏せよ〟

全員に行き渡ると、カーゴはそれを読み上げた。そして続けた。

「皆さん、計画表を見ていただければ分かると思いますが、練習回数は昨年と変わっていません。まだまだ暑い日が続きますから、皆さんの健康管理上、これ以上回数を増やすことは無理と思います。けれどもただ一つお願いしたいことがあります。それは、回数は昨年と同じでも、毎回の練習に精神を打ち込んでいただきたいということです。

今年の自由曲は既成の曲ではありません。ワカシーさんが、ここ半年構想を練ってきた新作の組曲です。皆さんが、この曲を十分理解し、練習し、心をこめて演奏するならば、必ずやこの作品の評価が高まること間違いありません。生かすも殺すも、皆さんの双肩にかかっているのです。

昨年の発表会では二位でした。下馬評では、もっぱらわが楽団が一位だろうということでした。わたしたちもそれを疑いませんでした。練習に練習を重ねていましたから、その裏付けもあったのです。ところが、いざふたを開けてみると、二位という成績だったのです。これはいったい何が原因だったのでしょう。選曲は間違っていませんでした。練習方法も適切でした。技術的な面もジュニアとしては最高のものでした。残るのはわたしたちの気持ちです。心です。つまり、あの作品で何を表現しようとするか、それを理解し、存分に表現しようとする努力に欠けていたのです。

わたしたちは、昨年の二の舞いを演じてはなりません。そのためには、さっき述べたような気持ちで練習することが大切です。それが本番で自分の力が十分に発揮できることにつながっていくのです」

カーゴのことばには熱意が感じられた。コトクは、彼のことばの通りだと思った。

昨年の発表会に参加していた彼には、カーゴの言っている意味がよく分かった。

カーゴと入れ替わりにワカシーが指揮台に上がった。

「それではこれからわたしの作品について簡単に説明します。

すでに何度か練習した中で、それぞれの主題を中心にして注意をいたしましたから、だいたいお分かりになっているだろうと思います。けれども、念のため、全体的な流れについて説明しておきたいと思います。

まず、組曲『田園の詩《うた》』という曲名の『田園』ですが、これは、この地方、特にツーレ村を中心に考えて解釈していただきたいのです。この曲想は、わたしがこの辺りを朝夕散歩しているときに生まれてきたものです。できることならば、皆さんも一度散歩してみるといいと思います。それから、『詩』ということばを加えていますが、これは『歌』に通じます。そう、口を開いて歌う『歌』です。特に、第一曲と第二曲の主題は、わたしが散歩する途中で口をついて出てきたメロディなのです。実際は楽器で演奏するのですから、声を出すはずもないのですが、そういう気持ちで演奏していただきたいのです。

次に、それぞれの曲について説明します。

第一曲『早起き鳥』は、田舎の朝の情景描写です。速い曲ですが音量は控えめにしてください。そして、朝のさわやかな気分を出すように心がけてください。

第二曲は『働け、わが友』です。ここは、管楽器を中心に、勇壮な感じを出すところです。麦の刈り入れに一生懸命になっている村の人たちの姿を描いています。コンバインの響き、収穫物を運ぶトラックの行きかう音を模写しています。多くの小節がフォルテで占められていますが、音が割れないように注意してください」

団員のほとんどが楽譜に鉛筆でメモしていた。コトクもそれに倣《なら》った。ステロはと隣を見ると、彼は楽譜を見つめたままじっと動かなかった。

「第三曲は『夕日に祈る』と題しました。前二曲から一転して、アンダンテ・モルト・モッソに変わります。テンポは遅めで、祈る心を十分に表現しなければなりません。ミレーの『晩鐘』の感動です。健康と、働く喜びを大自然に感謝するのです。この村でも、しばしばあちこちで見られる風景ですから、気持ちはお分かりになると思います。最後の第四曲の『平和の中で』の曲は、前半が明るくて楽しい夕食のひとときを表します。それが終わると、四分の三拍子の第一ワルツになります。続いてテンポのゆっくりした第二ワルツに移ります。このワルツの中で前半の主題が再現されますが、そこは踊りのひと休みといったところです。次いで第三ワルツが力強い快適な音を響かせて、踊りが最高潮になったことを表します。それがしばらく続いていますね。その後半で、第一ワルツの主題がピアノで顔をのぞかせると、やがて力強い終止和音に至ります。ここは踊りがターンで終わった感じを出してください。

以上が自由曲ですが、課題曲の方は説明の必要はないでしょう。モーツァルトの交響曲第三十五番『ハフナー』と言えば、あまりにも有名ですからね。ただ今回は第一楽章だけですから、他のオケとの差があまり顕著に出てこないと思います。まあ、最終的には音の勝負になるでしょう。以前にも注意しましたが、この曲はもともと野外音楽ですから、華やかな響きを出すよう精一杯鳴らしてください。

以上で説明を終わります」

ワカシーは、額にかかる長髪をときどきかき上げながら話した。半年余りの構想から、一か月をかけて書き上げた彼の作品は、古典的な形式を踏まえていたが、随所に現代的な旋律と内容があふれていた。特に、第三曲の「夕日に祈る」では、単純過ぎるほどのざん新な旋律の中に、敬虔さと自然の美と深い思索が感じられた。

コトクは、この曲の初演はぜひ成功させなければならない、そのためにも自分のパートはしっかり吹かなければならないと思った。

その日の練習は、いつになく力がこもった。団員の楽譜をめくる動作もすばやかった。ワカシーの指揮はもともと、一拍一拍がはっきりして、演奏しやすいのだが、今夜はシンコペーションで拍子のとりにくい小節の頭が特によく合った。

練習が終わると、ワカシーはみんなをほめた。顔は青白かったけれども、満足げな笑みを浮かべて彼は指揮台を下りた。

特別練習計画通りに練習が始められた。プロではほとんどやらないパート練習を重視していることがこのオケの特徴であった。全体を七つのパートに分けて、それぞれを徹底的にしぼろうというのがワカシーとカーゴの意図であった。バイオリンはノーセが指導した。木管楽器はステロがその任に当たった。入団間もない彼を起用したことは異例であったが、それだけ彼の力が評価されてきたことを示していた。事実、ステロはオーケストラというものをほとんど自分のものにしていることをコトクに感じさせていた。彼は、全体のバランスやワカシーの意図する点を敏感にとらえて演奏できるようになっていた。そればかりか、ワカシーさえ返答に困るような本質を突いた鋭い質問をしばしば発した。

ワカシーはこまめに動いた。特に彼自身の曲を練習するときは、休憩というものを全然とらなかった。細かいところは、どうしても彼の指導を仰がねばならなかったし、パート、パートで休憩のとり方がまちまちだったからである。彼は、木管楽器の練習のときは特に時間をかけて指導した。譜面のことは多く言わなかったが、とがったあごをいっそうとがらせて曲想のとらえ方を注意した。ステロは、ワカシーが他のパートを回っているとき、彼の棒振りを巧みに真似しては、フルートやクラリネットを笑わせた。

突然、指揮者のワカシーが倒れたという報が入った。悲痛な面持ちのカーゴが、練習を待っていた団員たちに知らせた。肝臓がやられて二か月の安静が必要だという。団員たちは色を失った。ワカシーが棒を振ることができない――それは、全員が発表会に参加できないことを意味した。指揮者の控えはいなかった。他の楽器のように二軍を養成することは、指揮者のオーケストラの中で占める役割が大きいだけにむずかしかった。ことの重大さがはっきりするにつれて、団員たちのざわめきが大きくなった。ワカシーの病気そのものを心配してというより、十日先のことが中心になっているようであった。しかし、発表会が押し迫っていることを考えれば、その不謹慎は責められなかった。さすがにカーゴは彼らを鎮めにかかった。

「皆さん、静かにしてください。静かにしてください」

騒ぎが止まった。

「皆さん、今ここでいくら議論しても始まりません。落ち着くのです。不幸にしてワカシーさんは入院されました。けれどもわたしたちは決して絶望してはなりません。入院はされましたが、彼は目も見え、耳も聞こえ、わずかながらしゃべることも動くことも許されています。そして、彼は考えることもできるのです。ですから、彼がきっとみんなの満足するような解決策を講じてくれると信じています。神は、わたしたちを見捨てません。こんなに精一杯努力しているわたしたちを神がお救いにならないはずがありません。奇跡的に、彼が二、三日の入院ですむ場合が起きないともかぎりません。また、もう少し現実的に考えれば、彼の多くの知己の中から、彼に匹敵する人を客員指導者としてわがオケに迎えることも十分可能なのです。

今日は八月二十日ですね。明日と合わせて二日間は課題曲の全体練習になっています。しかし、とりあえず明後日まで休みます。そして予定にはありませんが、二十三日に一応ここへ楽器を持って集まってください。とにかく、二日の猶予をわたしに与えてください。マネージャーとして、責任を持って行動いたします」

カーゴは胸のハンカチを取り出すと、首筋から顔へとなでた。乾燥した空気の中で、彼は汗をかいていた。責任をもって行動するといっても、彼自身何の具体策も持っていなかった。倒れた太い柱に代わるものを当てもなく探す努力をするよりほかに方法はなかった。

あくる日、コトクとステロは居間でレコードを聴いていた。昼食の後のくつろいだ昼さがりであった。そのとき、母がカーゴさんから電話だと知らせてきた。ふたりは玄関の電話に走った。コトクが受話器を取った。これから、ワカシーの入院しているマシツ町の病院までステロといっしょに来てほしいという内容であった。用件は病院で話す、とカーゴは言って電話を切った。

ふたりは自転車に飛び乗った。ステロは、もうすっかり自転車に慣れていて、コトクが後ろを振り返る必要はなかった。秋の気配が麦畑にうずたかく積まれた加工用のわらの一本一本や、その黒々とした影にしのびよっていた。

病院に着いて来意を告げると、若い女の看護師が神妙な顔をして二階の病室へ案内してくれた。ちょうど、でっぷりした医者が中から出てくるところであった。ふたりは頭を下げた。医者は、ふたりをちらっと見ただけで次の病室へ入っていった。「面会謝絶」の札がかかっているドアを押して、コトクとステロは中へ入った。アルコールのにおいが強く鼻をついて、コトクは身のひきしまるのを覚えた。

ベッドのそばで椅子に腰かけていたカーゴが立ち上がった。

「急に呼び出してすまない。大事な用件だったので……」

彼は、コトクとステロを交互に見ながら抑えた声で言った。ワカシーはベッドの中で、白布でおおった毛布を胸から下に掛けて寝ていた。外に出した両腕の細さと、点滴の針の刺さった青い血管が痛々しかった。けれども、顔はほんのりと赤味を帯びて想像していたよりも元気そうであった。

「たいへんでしたね」

コトクは見舞いのことばを述べた。

「いやあ、たいへんなのはわたしではありません。あなたたちです。せっかく張り切って練習していただいていたのにこんなことになってしまって……」

ワカシーは目で笑いながら、つとめて明るく言った。

「なに、たいしたことはないんです。ただの疲れですよ。ぼくは、いつでも指揮台に上がるつもりなんですがね。主治医が、ほら、今出ていったでしょう、あの医者ですよ、あの医者が許さないのです」

冗談めかして医者へのうらみごとを言ったが、実は病気になった自分自身に腹を立ているふうであった。カーゴがワカシーをさえぎるように口を開いた。

「それで、いきなり用件ですがね、実は今度の発表会の指揮を、ステロ君にやってもらおうではないかということなんです」

「えっ、ぼくが？」

ステロは驚いた。

「ええ、ワカシーさんといろいろ話をしました。その話の中には、客員指揮者のことも出ました。けれども、やはり外部から招くより、気心の知れた団員の中から選んだ方がよいという結論に達したのです。ワカシーさんの今度の作品については、今まで何度も練習しましたから、みんながよく理解してくれています。ですから、後の短い日数を考えると、そういう団員の中から人選した方が成功するのでは、ということなんです。そこでステロ君、君に白羽の矢が立ったのです」

ステロはまだ驚いていた。

「ステロ君、頼みます。入団間もない君だけれど、最近の進歩は著しい。君ならきっとやってくれる。ぼくはそう信じているからこそお願いするのです。頼みます」

ワカシーは身を起こすようにした。あわててカーゴが押さえた。

「君も今のままでは棒を振れと言われてもとまどうばかりでしょう。ですから、ワカシーさんのレッスンを受けてください。午前中、一時間以内なら君に指揮法を教えてもよいという許しを医者からもらいました。幸い、練習はいつも夜です。午前中のレッスンはその夜の練習にすぐに役立ちます。本番までの一週間、毎日病院へ通うのです」

既定の事実のようにカーゴは言った。コトクも賛同した。ワカシーが再度頼んだ。

ステロは思いがけず身にふりかかってきた重責にとまどっていた。星でも地球でも指揮の経験は皆無であった。不安が彼をちゅうちょさせたが、他人の不幸からとはいえ、音楽の真髄を会得するよい機会であるということも分かってきた。ステロは、意を決して言った。

「やってみます！」

四人は、明日からのことを打ち合わせた。

ふたりは早々に病室を出た。ワカシーの病気を思えば長居は禁物であった。玄関で靴をはこうとしているとき、カーゴが後を追ってきた。

「これは内緒の話ですが、ワカシーさんはもうだめなんです。肝臓が癌に冒されているのです。いいえ、肝臓ばかりではありません。他の内臓にも転移しているのです。医者はあと半年も持てばよいと言っています。ですから、今年の演奏会は、ぜひ成功させてあげたいのです。それから、このことは決して口外しないでください。特に本人には気づかれないようにしてください。お願いします」

カーゴは辺りに気を配りながら小声で話すと、そそくさと二階へ上がっていった。

コトクとステロは顔を見合わせた。ふたりとも沈痛な面持ちであった。光線の弱まった静かな田園の道を、ふたりは重いペダルの音をきしませながら自転車を走らせた。


家に着いた。居間のソファーに向かい合って身を沈め、長い間無言であった。ステロは、手で顔を隠して、じっと何か考え込んでいるふうだったが、やがて手を離した顔は、涙でぬれていた。

「コトクさん、ぼくは悲しい。悲しいのです。あなたに聞かなくたって、この気持ちは悲しいという気持ちに決まっています。

ぼくは、ワカシーさんから音楽を学びました。本当の音楽が少しずつ分かってくるにつれて、いつの間にか彼を敬愛していたのです。〝知り合い〟にとどまらず、ワカシーさんに身も心も近づいて、今はもう離れがたいものを感じているのです。その彼が不治の病に倒れた――ぼくの心は……」

ステロのことばは感傷的で、少し理屈っぽかったが、コトクには理解できた。ステロは、いつでも新しい感動にはまるで幼児のような反応を示した。

「ステロ君、君の星には癌の特効薬はないのですか?」

「当然の質問です。もしあれば、ぼくはすぐにでも星から持ってきます。しかしぼくの星では、治療よりも予防の研究に力を注いでいるのです。二百年ほど前から、発癌の疑いのある物質はことごとく除去してきました。また、そういう病気にかからないように体質も変えていったのです。ですから、今では癌で死ぬ者がひとりもいません。死はすべて老衰による自然死なのです。ワカシーさんに何もしてあげられないのが本当に残念です」

ステロは唇をきっとかんだ。

9　猛練習

「ぼくは明日からワカシーさんのもとに通います。そして、彼からできるだけ多くのものを吸収します。彼をこのまま死なせてはいけないと思います。彼は偉大です。その偉大なものを発表会の場で明らかにし、長く残し伝えるためにも、ぼくはワカシーさんのもとに通います」

10 指揮者ステロ

次の日、ステロは病院へ行った。朝九時にひとりでコトクの家を出た彼が、帰ってきたのは十一時前であった。家に帰ると、ワカシーから贈られた指揮棒を手にして楽譜の前に立った。それが何時間も続いた。夕方になると、散歩をしてくると言って家を出た。そのときも真剣な顔であった。ステロはほとんど口をきかなかった。日ごとに増していた特徴のある笑いも浮かべなくなった。コトクは、ステロの一事に打ち込む気迫のすごさに圧倒され、彼を遠くで眺める態度をとった。ステロは、棒を振ること以外にはとうに関心がないふうであった。

ステロが初めて指揮をとる二十三日夜がやって来た。カーゴは、指揮者としてステロを起用したいきさつを、みんなに説明した。そして、一度ステロに棒を振ってもらうから、そのあと自由に意見を言ってもらいたいと付け加えた。

　課題曲と自由曲を一通り流したところで、ノーセが立ち上がって言った。

「皆さん、ステロ君の指揮をどう思いましたか。結論から先に言いますと、ぼくはたいへん不安を感じています。なるほど、初めての指揮にしては無難にまとめました。シンコペーションや間のとり方がぎごちなく不十分なところを除けば、ワカシーさんのテンポであり強弱であったと思います。しかし、何かが欠けているのです。伝わってくるものがないのです。それは何でしょうか。皆さん、考えてみてください。このままでは、発表会の日が思いやられます」

　まわりがざわついた。コンサートマスターとしてのノーセの意見に賛同するざわつきであった。コトクはやっぱりと思った。こういうことにいちばん敏感で的を射た発言をするのはノーセだと思っていたが、やはり鋭く突いてきたと思った。けれども、コトクはステロのために反論しようとは思わなかった。反論する余地もなかった。あえて反論し弁護しても、決してステロのためにならないことを彼はよく知っていた。

　コトクは立ち上がって言った。

「ぼくも、ノーセ君が言ったように、今の指揮に物足りなさを感じています。それが何かということは、指揮をしたステロ君も含めてみんな分かっています。そう、心です。音楽する喜びの心です。つきつめていくと、あるいは飛躍した言い方になるかもしれませんが、指揮者の人間性といったらいいでしょうか。

でも皆さん、詳しく説明はしませんが、彼は、一生懸命そういうことについて勉強しています。今まで、数種の楽器を見事に演奏した技術を持っているステロ君も、指揮は全く未知の世界です。彼はその未知の世界に敢然と挑戦しているのです。勉強しているのです。その意欲と勇気をたたえ、彼を応援してください。そして、彼がこの次も指揮台に上がることを許していただきたいのです」

午前中は指揮法を習いにワカシーのもとに通い、午後からはその復習。夕方になると、自由曲「田園の詩」の参考にすると言って、近郊を見て回る。夜は夜で猛烈なスピードで本を読みあさっている。先日からのそういうステロの姿を、コトクは思い浮かべていた。団員たちは、ステロがコトクの家で寝起きしているのを知っていたから、コトクの発言を素直に受け止めた。

指揮台から下りて、じっとうつむいて聞いていたステロが静かに顔を上げて言った。

「ノーセさんとコトクさんのおっしゃる通りです。ぼくの指揮には〝心〟がありません。ただ機械のように棒を振っているだけです。自分でもそれがいちばんの気がかりでした。ですから、ぼくは昨日ワカシーさんに尋ねました。指揮をするうえで、いちばん大切なことは何かと。すると、ワカシーさんは、音を出す喜びを与えることだと答えました。そこで、ぼくはまた尋ねました。具体的にはどうしたらいいかと。ワカシーさんは、ちょっと首をかしげた後こう言いました。一つだけ例を言おう。バイオリンの人たちにバイオリンを弾かせてはいけない。バイオリンで歌わせなければいけない、と。ぼくはそのとき分かったような気がしました。というのも、ぼくは自分の楽器については少し前から歌うということができ始めていたからです。けれども、今、実際に指揮をしてみて、そのむずかしさがよく分かりました。ぼくはそのむずかしさはどこから来るものか、さっきから考えていました。そして、まだよく分かりませんが、ぼくの指揮棒に心を宿らせ、それを伝えるためには、まず皆さんの心をつかむ、皆さんとぼくの心が一つに溶け合うことだと思ったのです。演奏会まであと四日を残すだけとなりましたが、どうかよろしくお願いします」

ステロのことばを、みんなじっと聞いていた。思いはいろいろであった。ステロに対しねたみや反感を抱いていた者は、音楽に対するひたむきな偽りのない気持ちを吐く彼の姿に心を打たれた。指揮に大きな不安を感じていた者は、ワカシーとステロの隠れた努力を知って、前途に光を見出した。また、歌うとは、いったいどういうことを指しているのだろうかと、改めて自分の楽器を見つめる入団間もない団員もいた。

しかし、共通している思いが一つあった。それは、ワカシーが指揮をとれなくなり、発表会も押し迫っているからには、もうステロに賭けてみるほかないだろうという思いであった。ステロは、コトクが言ったように、指揮に関しては全く経験がなさそうであったが、楽器には天才的な演奏技術を持っているのだから、なんとかうまくやってくれるのではないか。それに加えてワカシーの心強い指導があるではないか、と期待や楽観の材料を探しながらの賭けであった。カーゴがみんなの気持ちを察して言った。

「皆さん、他に発言される方はありませんか。では、わがジュニア・オーケストラの新しい指揮者として、ステロ君、ステロ君をお迎えいたします」

　カーゴは終りの方を少しおどけて声を張り上げた。そして、ややちゅうちょしているステロを指揮台に上がらせた。ステロは、背筋を伸ばし、左から右へ視線を移した後、深々と頭を下げた。期せずして拍手が起こった。さわやかな拍手であった。コトクはノーセを見やった。彼も、冷たい表情はほとんど変えていなかったが、ステロを見上げながら右手の指先でバイオリンの胴をたたいていた。コトクはほっとした。

　ワカシーが倒れたということで、オーケストラは危機に陥ったが、ワカシーの不幸を除けば、それはよい方向へ展開していった。初め指摘された、うつろで正確なだけの機械のようなステロの指揮ぶりが、日一日とその影をひそめていった。それは驚くほどのスピードであった。音楽については、ぼくはワカシーさんのまだ十分の一も分かっていない、と言いながらも、ステロが団員の中に飛び込んで音楽談義に花を咲かせたり、だれかれなくつかまえては、家族とか学校の話などを、もちろん他の人間とは比較にならない興味を持って聞いたりして、積極的に心の触れ合いを求めたからであった。また裏を返せば、オーボーの一奏者のときと比べて、より生き生きとして、この世のあらゆることを楽しみ、一途に音楽を追求しようとしているステロを、団員のだれもが無言のうちに盛り立てていこうとしたからである。

指揮者がワカシーからステロに変わって、団員たちが一生懸命になったのには、もう一つ理由があった。それは、ステロが異常とも思える耳を持っていたことであった。例えば、6プルト（十二人）いる第一バイオリンのだれかが音を外したり間違えたりすると、笑みを浮かべながらもすかさずその奏者を鋭い目で見る。ステロの無言の注意は、よい意味で団員たちへの大きな圧力になった。

連日、猛練習が続いた。課題曲と自由曲の二つが完成に近づいた。ステロは、午前中は自転車で病院に通った。昼からはコトクの家で部屋の壁の大きな鏡に向かって棒を振った。日が暮れると、七十人を前にして指揮台に立った。もうすっかり指揮法をマスターしていた。ときによると、ワカシーをしのぐ振り方さえした。リタルダンドからのシンコペーションのとり方もできた。リタルダンドからフェルマータへ移る間のとり方も巧みになった。そして、フェルマータの次の第一音のタイミングは、団員たちの呼吸と常にぴったり合うようになった。音のバランスも適切に加減ができ、空いている片方の手がしなやかに出だしや強弱を指示した。そうして一曲がほとんど中断されることなく演奏された。それは、満足すべき出来栄えに近づいていることを示していた。

11 発表会

いよいよ発表会の日がきた。昼間は暑さがいくぶん残っていたが、朝晩はすっかり秋であった。

三時半に、母と妹に見送られてふたりは家を出た。残りの家族は、父が帰宅してから彼の運転する自動車で会場へ行く手はずになっていた。父は今年ばかりは自分から発表会に行くと言い出した。祖父も孫娘とステロの晴れ姿を見たいと言った。

コトクは、白いカッターシャツに赤い蝶ネクタイを締めていた。ステロは、ワカシーが喜んで貸してくれた燕尾服を身にまとっていた。大柄なステロには寸法もぴったりでよく似合った。そして、指揮者らしい威厳さえ加わった。

いつもの場所で、四時から最後の練習が始まった。一週間、休みなく続いた練習の疲れは、音の中になかった。オーケストラはむしろ、駿馬のように、その出番を待ち望んでいた。ステロは、全体にひとことふたこと注意を与えた。多くの注意は必要でなかった。

五時に、バスが二台と小型トラックが一台来て土手に止まった。団員たちはバスに乗り込み、大きな楽器がトラックに積まれた。間もなく三台は土手を発車し、三十分でミウジュの町の陸上競技場に到着した。

スタンドの下の広い一室が控室としてあてがわれていた。開会されるまでの時間を、団員たちは緊張をほぐすためにその中で楽器を鳴らした。

コトクは、コンクリートの四角い通路からスタンドへ出た。メインスタンドからほど近い正面のフィールドの中に昨年と同じように舞台が作られているのが目に入った。まだ点灯されていない臨時の照明台が、その長い足の影をいっそう長く伸ばして、舞台を囲むようにして何本も立っていた。メインスタンドを中心に、その両翼のスタンドは聴衆でほぼいっぱいであった。開会前のざわつきが、幼い子どものかん高い声とともに聞こえてきた。

主催者の挨拶や注意があって開会式が終わった。そして、いよいよ五つのジュニア・

オーケストラの競演の幕が切って落とされた。出番を待つ楽団員たちは、スタンドの隅の団員席に陣どって、他の楽団の演奏ぶりに聞き耳を立てた。コトクたちの出番は最後であった。

課題曲の演奏は、どのオーケストラもすばらしかった。それぞれの持ち味を生かして甲乙つけがたかった。自分たちもあれだけの演奏ができるだろうかと、不安がちらっとコトクの頭をかすめた。

自由曲も、どれも工夫を凝らしていた。名の通った曲ばかりだったが、野外の演奏にふさわしい曲を選んでいた。バロック音楽あり、クラシック音楽あり、現代音楽ありで、中でもホルストの「惑星」は、スケールの大きな演奏であった。

一曲終わるごとに聴衆は盛んな拍手を送った。そして、開会と同時に点灯されたひときわ明るい照明の中で、演奏がすんだ団員たちは火照った顔を正面に向けて椅子から立ち上がり、指揮者が深々とおじぎをするのを見守った。すると、また拍手が起こった。

「ツーレ・ジュニア・オーケストラ」

アナウンスが場内に流れた。続いて曲名と作曲者、最後に指揮者ステロの名が読み上げられた。当然ワカシーの名が発表されると思っていた聴衆は、意表を突かれた形になった。プログラムにもそう書いてあったし、この楽団のそだての親でもあるワカシーの名が出てこないはずはなかった。一瞬場内がしーんとしたが、次いでスタンドのあちこちがざわざわとし始めた。新聞に載っていた天才少年の指揮が見られる期待が加わったのだ。

コトクは、舞台から父や母のいるメインスタンドの方を見た。けれども、明るい場所から暗い所を見るのは困難であった。ただ、無数の星が角ばった高い屋根で切り取られたように消えていることで、スタンドの位置が確かめられたに過ぎなかった。

ステロは、スタンドに向かって丁寧に一礼した。燕尾服のすそが揺れた。それから指揮台に立つと、彼は団員たちだけに聞こえる声で言った。

「皆さん、今夜も練習です。最後の練習だと思ってやってください。ほら、ツーレ村で輝いている星と同じ星が出ています」

団員たちは、ステロにつられて天を仰いだ。ステロの機知は団員たちの緊張をほぐしたが、聴衆の目には彼らの動作が奇異に映ったに違いなかった。

呼吸を整えると、ステロは右手を上げた。高く上がった指揮棒が勢いよく振り下ろされて演奏が始まった。二分の二拍子のソナタ形式である。二オクターブの跳躍を含んだ力強い第一主題が全体を支配して、快調に「ハフナー」の第一楽章は進んだ。次いで第二主題が流麗な音を響かせる。その間、第一主題が対位旋律として切れ目なく現れる。音のバランスもよい。金管楽器の音が弦楽器の音に包まれて夜空を駆け抜ける。終曲になった。


コトクは夢中であった。やはりかたくなっていたのか、音を何度も飛ばしかけた。そのたびにステロを見たが、彼は半ば目を閉じ、音のバランスに気を配っているふうであった。

ステロの棒が止まると拍手が起こった。しかしそれは、前のオーケストラへのものとさして違わなかった。すぐに自由曲の演奏に移った。正念場である。ステロの額には汗がにじんでいたが、彼はかまわず棒を振り上げた。

静かで、単調で、速いテンポの弦楽器が、朝の到来を暗示するところから始まった。やがてピッコロの高い音が響くと、田園の情景描写に入る。無邪気な小鳥、朗らかに昇る太陽、さわやかな風などを表す第一主題の合間をぬって、コトクのオーボーが静かに流れる。まだ眠りから十分に覚めない家々の感じが出る。続いて、トランペットとトロンボーンの二重奏。人々ははっきりと目覚める。

第一曲が終わると、すぐに勇壮な第二曲に入る。「働け、わが友」だ。金管楽器が辺りの空気を震わせて、競技場のスタンドにこだまするのが分かる。ほんのわずかな間隔を置いてその音は舞台に返ってきた。それをまた金管の音がはね返す。

ステロはもう汗だくであった。顔から、鼻の先から、ぽたぽたと汗を落としながら、いつの間にか彼は歌っていた。歌詞があるはずもないのだが、彼は旋律に合わせて歌っている。耳をつんざくばかりに全楽器が鳴る中で、ステロの歌がところどころに聞こえてきた。

働け、わが友・・・・・・・・・・

流せ・・・・したたる・・・を

・・・・大地・・・・・・恵み

おお、自然の・・・・・・・・

・・を心に、・・・黄金の太陽は

音を響かせ・・・・・行かん！

ステロは曲と全く一心同体になっていた。団員たちも懸命だった。オーケストラが二つ寄ってもこのくらいの音は出まいというほど旋律は星空に響き渡った。オーボーを強く吹くコトクの両頬が痛くなった。音が割れているのかそうでないのか、自分の音さえ聞き取れなかった。和音が三つ続いて第二曲が終わった。

第三曲に入る前に音合わせをした。管楽器が熱をもって高めに鳴り出し、弦楽器はどれも弦がゆるんでこちらは低くなっていたからだ。それらは、第二曲のすさまじい音の交響を物語っていた。

一分後に第三曲が始まった。前の二曲とはうって変わって静かなメロディが流れる。ステロは眼を閉じて棒を振っていた。それでいて、出だしのところでは的確にその楽器の方を指した。

オーボーのソロになった。弦楽器の低いピアニシモの調べを背景に、オーボーの美しく荘厳な旋律が神のお告げのように夜の静寂《しじま》を流れる。それから、同じ旋律がバイオリンに引き継がれる。太陽が山に沈む描写だ。それがしばらく続くと、曲が消えるように終わった。

切れ目なく第四曲に移った。夕食の明るいひとときの描写を終えると、ワルツに変わった。第一ワルツから第二ワルツに進む。団員たちの上半身が、自然と左右に動く。その動きが次第に小刻みになり、律動が音となって辺りに発散する。コトクはテンポに乗ろうとしてステロの棒に神経を集中した。そのとたん、彼はがく然となった。指揮棒の動きは、ワカシーのそれと同じであった。それだけでなく、ステロがいつの間

にかワカシーと交替していた。長い髪はふり乱れ、とがったあごの先で汗が光ってい
た。コトクは目をつぶった。そしてもう一度目を開けた。今度はまたステロが振って
いた。丸いあごにやはり光るものが見えた。コトクは何が何だか分からなくなった。
けれども、コトクは自分が幻覚を見たとは思わなかった。なぜならば、指揮台に上が
ればステロはワカシーであり、ワカシーはステロであることをだれよりもコトクがよ
く知っていたからであった。

コトクは、残り少なくなった曲を夢中で吹いていた。だれが指揮をしていようと、
どんな音が出ていようと、そんなことはもう頭になかった。

ついに強い主和音が鳴って曲が終わった――。

何秒か静寂が続いた。団員たちには、長くて胸苦しさを感じさせる静寂であった。
それから突然、嵐のような拍手がスタンドからわき起こった。まるで山鳴りが、明る
い舞台をめがけて押し寄せてくるようであった。指笛がピイピイとあちらこちらで鋭
く鳴った。組曲「田園の詩」の初演は大成功であった。コンクールでの一位はだれの
目にも、いや、だれの耳にも明らかであった。

パチ
パチ
パチ
パチ
ピーッ
ピーッ
パチ
パチ
パチ
パチ
パチ
パチ
パチ
パチ

拍手の鳴り止まない中で、ステロは二度三度とおじぎをした。聴衆はこの若い指揮者がおじぎをするたびに強く惜しみない拍手を送った。

コンサートマスターのノーセが立ち上がった。彼は晴れやかな目をしてステロに近づいた。そして握手を求めて言った。

「すばらしい指揮でした。ぼくは、バイオリンでこんなに夢中になって歌ったのは初めてです。ありがとう」

ステロもノーセの手を両手でしっかりと握った。

12 別れ

発表会から三日後、八月の最後の日の夜、コトクの家ではステロの送別会が開かれていた。大きな食卓に、たくさんの果物や料理が並んだ。ステロは、発表会がすんだらすぐに星へ帰らなければならない理由を、前夜コトクにこっそり打ち明けた。

「オサの命令なのです。ぼくは地球へやってきてからも、絶えずオサと連絡をとりながら行動してきました。オサは、お前は地球に長くいればいるほど地球の良さが分かる。それに比例して星への帰還がおっくうになる。それはお前の幸福につながるかもしれないが星にとっては大きな損失だ。切りのよいところ、つまり、発表会の後すぐにもどってこい、と言ったのです。実は、コトクさんの家に招かれる直前にも、オサはなんだかあたふたと、今が潮時だ、予定を早めてもどってこいと言ったのです。理由はよく分かりません。でも、ぼくは断りました。星ではあり得ない絶対的なオサに対する抵抗でした。なぜそんなにまで抵抗したのか。他でもありません、それは今まで経験したことのない、まだまだ深い愛の形をコトクさんの家で実感できるのではと思ったからです。その目的を達成した以上、ぼくはもうオサの命令に従わなければなりません」

「それに……」とステロは付け加えた。

「ぼくは、ワカシーさんにお会いしたくないのです。会えば、ぼくの心は悲しみに耐えられなくなるでしょう。演奏会が成功したことが、ぼくの唯一のお礼になりました。無礼をお叱りになると思いますが、よろしくおっしゃってください」

食卓のまわりには、五人がつとめて明るい表情で腰かけていた。一か月近く寝食をともにしてきた若い闖入者《ちんにゅうしゃ》に、皆は離れがたいものを感じていたけれど、別れのつらさをつとめて抑えた。顔に出せばせっかくの晩餐がこわれてしまいそうであった。もっとも、コトクと父を除いた何も知らない三人は、またステロに会えるという気楽さがあった。母が言った。

「ステロさん、またいらしてくださいね。明日からあなたも学校でしょう。二年生になるのね。勉強の方もお忙しくなると思うけど、今度の冬休みはどうかしら。ナタリも喜んでよ」

「まあ、お母さん」

ナタリは少し赤くなってうつむいた。そしてさっきから考えていたことを言った。

「ねえ、ステロ兄ちゃん、クリスマスに来ない？　わたし、すてきなプレゼント用意しとくわ」

「ハハハ、クリスマスとか、冬休みとか、先の話じゃないか。来週の土曜日に来なさい。今度は、わら細工の敷物の織り方を教えようじゃないか」

何も知らない祖父が口をはさんだ。祖父はステロが気に入っていた。三人めの孫を見るような目つきであった。

「なかなかそうはいかんぞ。ステロ君だってみんなには分からない予定があるからね。都合がついたらまた知らせてもらうとして、とにかく今夜は楽しくやろう」

父は意味深長なことばを吐くと、厚いビフテキにナイフを入れた。ステロは、いつもならもうすっかり慣れた食事に飛びつくのだが、今夜は気が進まぬふうであった。

しばらくだれも口をきかなかった。

コトクがふと立ち上がって棚から一本のテープを取り出し、それをデッキにかけた。それは、発表会の日のコトクたちの演奏であった。聞き慣れたワルツが静かに部屋の中を流れ出すと、みんなは初めから予定していたように、だれかれとなく腕を組み踊った。三組のステップが小刻みに床を鳴らした。録音はきれいで、まるで生演奏のように迫力があった。第三ワルツでみんなの動きは激しくなった。初めて踊りを経験するステロも、みんなのリードにうまく調子を合わせていた。強い主和音で曲が終わって踊りが止んだ。六人は顔を紅潮させていた。重い雰囲気が、今の踊りで窓からドアから押し出された。

九時近くなった。ステロは、お別れにと言って、ドボルザークの「新世界より」の中のオーボーのソロを吹いた。最後の方は音が途切れた。キーを押さえた指が細かく震えたが、それはステロの心の内を表していた。

ステロの出発の時間がきた。彼は、オーボーのケースとトランクを両手に提げて玄関に立った。ナタリが一冊の本を手にしてあわててやって来た。見ると、彼女が愛読している美しい絵本であった。彼女はそれをステロに差し出した。何も言わなかったが、目にはいっぱい涙を浮かべていた。ステロも黙って受け取った。ものを言えば、ナタリも自分もますます悲しくなることが分かっていた。ステロは、多数残っている食糧のカプセルと、ワカシーにもらった指揮棒の入ったトランクの中に、ナタリの贈り物を丁寧にしまった。

「皆さん、ありがとうございました。ぼくは、ここでたくさんのことを勉強しました。ぼくの人生に大きなプラスになったと信じています。向こうへ帰ったら、ここでの貴重な体験を生かしてがんばろうと思います」

ステロは別れの挨拶を述べた。型どおりの挨拶であったが、ステロにとっては背負いきれないほどの切実な使命が含まれていた。ナタリは、もう二度とステロに会えないのではないかということをステロの様子から察したらしく、母の手にすがりながら唇を震わせた。四人は出て行くステロに手を振った。コトクは野外練習場まで送ることにした。

冷気が半袖のシャツからしみ込んできた。ふたりは並んで歩いた。しばらく歩いてステロが口を開いた。

「コトクさん、ぼくは、地球訪問のきっかけになった、オサから与えられた〝愛〟ということば、星の地球語辞典に載っていなかった、あの〝愛〟ということばのもつ意味を、地球へやって来てからずっと考え続けていました。そして、星では味わうことのない、いや決して味わうことのできない感情を体験するのではないかと常に気にかけていたのです。そして、やはり星の世界のことばでは表現できない感情を体験したのです。最初は、ピッコロが紛失したときに、あなたがぼくをかばってくれたときです。星でも他人のために行動しますが、それには必ず報酬がついています。あなたはそれをぼくに要求しなかったし、また期待もしていなかった。ぼくはとまどいました。利害を考えない人間の結びつきがあることを知ったからです。そしてそれが『友情』と呼ばれる愛だということを知ったのはずっと後でした」

ステロは、七週間に満たない前のことを、まるで百年も昔の出来事のように、夜空を見上げて言った。

「二つめは、あなたの一家の家族愛です。星で孤独に生活するぼくには衝撃的でさえありました。夫婦、親子、兄弟、すべて一つの屋根の下で暮らす中で、互いの心の糸が一日一日と太くなっていく、つまり、いたわりや思いやりの絆が強くなっていく。ぼくは、わずかの間でしたが、そうした風景をコトクさんの家で見たのです。星にも、もちろん家族があります。けれどもそれは戸籍の上だけの話で、生まれ落ちるとすぐてんでんばらばらに生きることになるのです。星人は個人個人で一生を送っていくのです」

終わりの方を、ステロはつらそうに言った。そして、歩くのを止めてコトクを真正面から見つめた。コトクも足を止めた。何か重大なことを話すときのくせで、ステロはコトクの目をじっとのぞき込んだ。

「コトクさん、ぼくは最後に、これこそ本当の〝愛〟だと、ぼくにとって本当の〝愛〟と呼べるものを見つけたのです。コトクさんの家を初めて訪問した夜、ぼくは、あなたの辞典をいちばんに見ました。もちろん、〝愛〟の項目を引くためでした。そこにはこう出ていました。〝愛〟とは『あるものにひきつけられ、それを慕い、あるいはいつくしみかわいがる気持ち』と。

ぼくは、あるものとは何か、ひきつけられるものとは何か、それを一生懸命になって探しました。するとそれはコトクさんであったり、指揮者のワカシーさんであったりしました。また、近くで眺めることができたコトクさん一家、たとえ、部外者であっても三週間も家族同様の扱いを受けたコトクさん一家には、離れがたい気持ちがわいてくるのは当然でしょう。けれども、それ以上にぼくの心を強くひきつけ、ぼくの心をとりこにしてしまったものがあります。音楽です。地球へやって来て初めて味わうことのできた複数の、それも多数の人間の演奏によってもたらされるハーモニーです。ぼくの星で、技術的な不可能を可能にすることのみに熱中する独奏と、なんと大きな違いでしょう。ああ、音楽はすばらしい。気が遠くなるほどすばらしい。ぼくの音楽に寄せるこういう気持ち、コトクさん、ぼくにとってこれこそ〝愛の極致〟だと言いたいのです。間違っているでしょうか」

話しながら、ステロはいつになく興奮していた。コトクに疑問をぶつけながら、コトクの返事を期待している様子はなかった。彼は再びゆっくりと歩き出した。

「星の地上には『死の沈黙』しかありません。いつまで待ってもすばらしい音楽は聞こえてこないのです。それにひきかえ、地球の上には『生きた沈黙』があります。やがて人々を感動させる音楽が響いてくる沈黙があります。ぼくは地球がうらやましい。愛ある地球が、音楽ある地球が……」

ステロは歩きながら大きな嘆息をもらした。コトクは尋ねた。

「君が星へ帰ってからの仕事は何ですか。確か、オサが君に現実的なことを期待しているとかいうことでしたが……」

ステロは明るい表情になって答えた。

「ええ、そのことについても考えてみました。それはまず、自然をとりもどすことだろうと思います。自然をとりもどすことは〝愛〟をとりもどす出発点となります。花や木を見て、それをいとおしく思う、そこから出発するのです。〝愛〟は、対象にあるものでなく、常に自分の心の中にあるものだということに気づかせるのです。最終的にはぼくの仕事は、星人たちを再び地上の生活にもどす研究になると思います」

「君は、本当に星へ帰ってしまうのですか。ワカシーさんの偉大なものを長く残し伝えるために君は棒を振ったのではないのですか。祖父の〝手づくり〟をあと一つ二つ習ってみる気はないのですか？」

コトクは次第に胸がしめつけられるような思いを抱きながら、最後のはかない質問をステロに向けた。

「ぼくをあまり責めないでください、コトクさん。星の地球語辞典では、〝手づくり〟が〝規格外品〟と出ていましたが、なんと味のない訳語であるかということがよく分かりました。おじいさんの帽子はすでにぼくの宝物です。

それから――ワカシーさんを受け継ぐのは、コトクさん、あなたです。ぼくがこんなことを言うのもおこがましいですが、あなたは、もう十分にその力を持っています。あなたが指揮台に上がることをだれも反対はしないでしょう」

いつの間にか土手に出ていた。そこは、かつてステロの告白を聞いた場所であった。ステロは美しい星空を見上げた。流れ星が一つ、白い筋を長く伸ばして消えた。続いてそれを追うように、もう一つ短く流れた。

「心残りなことが一つあります。それは、ナタリさんの〝愛〟に応えられなかったことです」

でも、と彼は続けた。

「コトクさんとの友情は永遠です」

――永遠。ステロとの別れも永遠になるとコトクは思った。と同時にステロがずっと以前この場所で〝悲しさ〟ということばを唐突に口にしたことを思い出した。そのことばの意味を、ステロはワカシーの病で理解し、今夜の別れで深めているに違いないと思った。その気持ちは、そっくりそのまま自分の気持ちでもあると思った。

ふたりは向き合った。それから固く手を握り合った。ステロの手は熱かった。涙がふたりの両頰を止めどなく流れた。

「さようなら……」

「さようなら……」

コトクはステロの後ろ姿を目で追った。月のない夜は、すぐにステロの靴音だけを残した。それも次第に遠のいて、とうとう聞こえなくなった。コトクはそれでもまだうすぼんやりと見える丘の方に視線を注いでいた。

（それにしても）

とコトクはふと思った。

（父に電話をしたのはだれだろう？）

丘の上の星が一つ強く輝いた。

完

あとがき

「星空のオーケストラ」

何という美しくもさわやかで、感動的なことばでしょう。タイトルでしょう。自画自賛ですが、それほどわたしはこのことば、タイトルが気に入っています。わたしの瞼にこの九文字が浮かんだとき、物語の全てがわたしの頭に隙間なく刻み込まれました。ですから、わたしはただそれをなぞって文字にしていきさえすれば物語ができあがっていったのです。

このタイトルからどんな情景が想像されるでしょうか。

暗黒の空間に金銀の砂を撒き散らしたような星々。そのずっと手前に大きな川がゆったりと流れ、さらに川を挟んで小高い土手が長々と北から南に延びている。その西の土手の斜面の一角にはスタンドが十段ほどゆったりと幅広く設けられ、そこに腰を下ろしたオーケストラの団員は、あるときは大きくゆっくりと、またあるときは小さく小刻みにリズムよく振られている指揮棒を眼下に見据え、それぞれのランプに柔らかく照らされた譜面を見つめながら楽器を力一杯奏でる。その壮大なハーモニーは、無限の星空の空間に心地よく響いて吸い込まれ、川の水面を波立たせ、麦畑の広がる村のあちこちにほのかに光っている人家の灯りをかすかに震わせる……。

ここまで書いたことを少し具体的に述べましょう。わたしが音楽を取り入れた作品を書こうと考えたとき、この「星空のオーケストラ」というタイトルが神の啓示のように頭に浮かびました。続いて直ぐに私が大学時代に夢中になったオーケストラ活動と、それとは何の関係もなさそうな小学校二年時の米空軍機による岡山大空襲、それから間もなく広島と長崎に落とされた原子爆弾、まとめればオーケストラと戦争、この二つが物語の題材として浮かんできました。そうしてさらにはその先にあるテーマまでも自然に決まったのです。

「星空のオーケストラ」で使われた二つの題材は、わたしの生き方、つまり人生観といってもいいものです。一つは「反戦主義」、もう一つは「芸術至上主義」です。

まず「反戦主義」。

焼夷弾が雨霰《あめあられ》のように降ってきた中を逃げ回った岡山空襲での体験を、妻子はもちろん孫が成人するまでわたしは語ることを控えてきました。

著名な作家や俳優の中に、第二次世界大戦を兵士としてまた銃後の一市民として経験しながら、死の直前まで戦争について語ろうとしなかったのが終焉の病を得て、堅い口をマスメディアに開いた人のなんと多くいたことでしょう。振り返ればわたしの態度も彼らと大同小異であったことに気づきます。元気で働いているころは、なぜか戦争について語るのをためらってきました。

なぜか？　戦争の経験はわたしより少し年下の人からずっと若い人まで経験していないことで、そういう意味ではわたしにとっては変な言い方ですがひとつの手柄で、その手柄について自慢話をするような気がしたからです。裏を返せば、有り難いことにそれほど長く日本は平和が続いているということの証になるでしょうか。

その手柄を話そうと思ったのは、原爆の語り部が一握りになってしまったことに象徴されるように、戦後が八十年も経過すると、わたしのような戦争体験者が減ってきたということがあります。放っておけばこの忌まわしい歴史は埋もれてしまいます。それどころか、こともあろうに現在核をちらつかせる大統領が現れているように、いつ大きな戦争が勃発して、地球の破滅にまでつながる事態が起こらないとも限りません。わたしに残された時間も少なくなり我慢も限度を超え、その胸に溜まっていたものを悔いなくわたしの著書に書き残しておこうという気持ちになりました。そういう意味では先述の先輩方も語る方法は異なってもみんな同じような心の経過をたどったのではと推察しています。

この「星空のオーケストラ」では、反戦について多くの具体的記述をしているわけではありませんが、異星がどんな状態かを読み取って、地球の未来をよりよい方向へ進めてほしいという私の願望を理解していただければ幸いです。

もう一つの「芸術至上主義」。

世にあるもので価値があり、生きていくうえで欠かせないもの、それは芸術である、という考えです。芸術というものはご承知のように多岐にわたります。音楽でよし、絵画、彫刻でよし、書でよし、文学でよし、映画、演劇、写真でよし、とにかくそれらを表現したり表現されたものを鑑賞者がよりよく受け取る行為を芸術活動と称し、それを軸に生きていくのが芸術至上主義である、といろいろ批判、異論はあるでしょうが、わたしはそう解釈し定義づけています。

わたしは友人に勧められて大学ではオーケストラ部へ入りました。そこでビオラ弾きの一団員として、演奏に団の運営に携わるうちに、特にクラシック音楽の世界にのめりこんでいきました。どんな分野の芸術活動もそうでしょうが、大学を卒業して就職してもなかなか止められませんでした。社会活動としてのオーケストラに入り演奏活動を始めました。

しかし、支障が生じてきました。支障のいちばんは、人を相手の教職という仕事と、楽譜を睨む他人には趣味と映る活動の両立には時間が足りなくなったのです。そこでわたしは生きる希望ともなっている音楽を能動的にやるのではなく、まずは鑑賞という受動的なものに変えようと決心しました。ステレオを買い、レコードを買い、愛着のあるビオラを他人に譲りました。それから一気に気持ちも身体も楽になりました。

けれども芸術至上主義を標榜し、もともと文学が専門のわたしですが、せっかく音楽という芸術にも目覚めたのに中途半端な終わり方をしていることに、やはり物足りなさをずっと長い間感じていました。その間、わたしはそんな気持ちを埋める手段はないかと模索していました。

そういう中で、文学に音楽を登場させ、この二つの芸術を結合し融合させた作品を書くのはどうか、とふと思いついたのです。それが実現したのがこの「星空のオーケストラ」です。つまり、これをわたしの音楽における能動的行為の発現としたのです。

このことでわたし自身は納得し満足していますが、いままで読んだ物語の世界で味わったことのない新境地ともいうべき文学と音楽の融合という私の試みが果たして成功しているか否かは、読者の皆さんのご判断を待たなければならないと思っています。

さらに欲張った見方をすれば、この本はすばらしいカバーと挿絵が加わったことによって、文学、音楽、絵画の三つの芸術が三位一体となった本であるとも言えるのではないでしょうか。

「あとがき」としては長く理屈っぽくなってしまいましたが、わたしの気持ちを正直に吐露したつもりです。

この本の出版に際して、文芸社の企画部の藤田渓太様との出会いから始まり、スタッフの皆様にはいろいろご無理をお願いするなどたいへんお世話になりました。わたしが目指した通りの本ができましたことに厚く御礼申し上げます。

最後になりましたがこの本のカバーと挿絵は、高校の教え子で今も一緒にテニスラケットを振る画家の林　修三くんにお願いしました。二児の子育て真っ只中の忙しい彼ですが、時間を割いてわたしのイメージに合った繊細で場面に似つかわしい楽しい絵を精魂込めて描いてくださいました。こんな絆を持ってできあがった本が過去に一冊でもあったでしょうか。わたしは心から嬉しく誇りに思っています。

著者　小野　信義

二〇二四年（令和六年）十二月

著者プロフィール

小野 信義（おの のぶよし）
1937年　岡山市に生まれ、現在も在住
三勲小、岡大附属中、操山高、岡山大学教育学部　卒業
（岡大交響楽団、岡山交響楽団でビオラを弾く）
中学校、高等学校で教鞭を執る（国語）
〈主な著書〉1883年　『二つの真珠』（岡山市民の童話 入賞）
1986年　『星を二つ持つ少年』を福武書店から出版
1991年　『トンボ』（岡山県文学選奨 童話部門 入賞）
本書は上記『星を二つ持つ少年』に相当の加筆、修正を行い、改題したものである
〈趣味・特技〉ソフトテニス、囲碁（5段）、音楽

カバー・本文イラスト

林 修三（はやし しゅうぞう）
1982年　愛知県出身
幼少期から父親の仕事の関係で各地を転々とする
岡山県立西大寺高等学校に入学し、著者の最後の教え子となる
関西大学中退後、単身上京し絵の道に進む
現在は都内を中心に個展を開催し、全国でワークショップ講師として活動している

星空のオーケストラ

2025年2月15日　初版第1刷発行

著　者　小野 信義
発行者　瓜谷 綱延
発行所　株式会社文芸社
〒160-0022　東京都新宿区新宿1－10－1
電話　03-5369-3060（代表）
03-5369-2299（販売）

印刷所　株式会社フクイン

ISBN978-4-286-26182-9